Bruno Bubo: Der Uhu und die Sterne

EBERHARD GRIMM

Bruno Bubo
Der Uhu und die Sterne

Ein
Märchen-Roman

Umschlaggestaltung und Titelbild: Autor.

Herstellung: Books on Demand GmbH, Norderstedt

ISBN 3-8330-0169-0

Bei den Zoologen wird der Uhu, das größte Familienmitglied der Eulen, mit seinem wissenschaftlichen Namen *Bubo bubo* angesprochen. Als ein alter Uhu, Vater vieler Kinder, davon hörte, fand er zweimal *Bubo* doppelt gemoppelt und völlig überflüssig. Für ihn aber Grund genug, sich und seinem ganzen "Clan" überhaupt einen Namen zu geben und zwar nur *einmal Bubo* und das als Familienname. Die Vornamen "lieh" er sich von den Menschen.

Einer seiner Söhne war Bruno. Der entwickelte sich schon ein Jahr, nachdem er aus dem Ei geschlüpft war, zu einem wahren Wunderkind, was er von seinem Vater hatte. Brunos Auffassungsgabe war ungewöhnlich schnell. Spielend lernte er die Sprache der Menschen sprechen, natürlich Deutsch, wohnte er doch in einem deutschen Wald. Und lesen konnte er auch, wenngleich er dabei mit den für alle Eulen typischen, naturgegebenen Hindernissen zu kämpfen hatte. Denn Eulen besitzen keine kugelförmigen und beweglichen Augäpfel wie zum Beispiel der Mensch, um auch ganz nahe Objekte scharf sehen und exakt lokalisieren zu können. Sie haben nach vorn gerichtete, walzenförmige, fest im Schädel verankerte Augen, was bei der Beutejagd aus nächster Nähe häufig zu Fehlschlägen führt, wenn die Beute sich bewegt. Wollte Bruno also ein Buch lesen, so musste er es paar Meter entfernt aufstellen, um die Buchstaben klar erkennen zu können.

Außer mit Sprechen und Lesen überraschte er auch noch mit einem außergewöhnlichen, ja unheimlichen Gedächtnis. Was er einmal gesehen, gehört oder gelesen hatte, war gespeichert wie auf einer Computer-Festplatte.

Seinen Vater hatte Bruno schon eine Ewigkeit nicht mehr gesehen. Der war, samt Frau, "unbekannt verzogen", wie man bei der Post zu sagen pflegt. Bestimmt waren beide auch schon in den Himmel der Uhus eingegangen, angesichts ihres hohen Alters völlig normal. Von seinen Geschwistern hatte er weder Brüder noch Schwestern jemals gesehen, bewußt jedenfalls nicht. Und es hatte sich ihm auch keiner vorgestellt. Nur seinen Bruder Udo, der aus derselben Brut stammte und mit seiner Frau Josefine, genannt Fine, ein paar hundert Meter entfernt in einem alten, hohlen Baum wohnte, sah er regelmäßig. Er selber hatte sich auch längst eine Frau "zugelegt". Sie hieß Hermine, genannt Mine, und war die Schwester von Udos Frau Fine. Wie das Leben halt auch bei Uhus so spielt.

Bruno bewohnte mit seiner Hermine eine komfortable Höhle in einer Felswand mitten in einem ausgedehnten, dunklen Wald. Gleich vorm Eingang zu seiner Höhle ragten hohe Fichten auf. Dort saß er gern auf einem kahlen Ast dicht unter dem zerzausten Wipfel und genoss die freie Aussicht, weder von Nadeln noch Zweigen gestört, bis hinauf zum Himmel.

So geschah es auch in dieser Nacht, einer fantastisch klaren Nacht mit unendlich vielen silbern blinkenden Sternen am Himmel einschließlich dem breiten Band der Milchstraße. Bruno schaute gebannt hinauf. Er war geradezu überwältigt von diesem Anblick, der ihm auf der anderen Seite allerdings auch immer wieder recht geheimnisvoll erschien und ihn sehr zum Nachdenken anregte.

Da kam sein Bruder Udo vorbei und setzte sich zu ihm. Und während der Ast unter der zusätzlichen Last eine Weile auspendelte, folgte Udo seines Bruders Blicken zum Sternenhimmel. Dann fingen beide an, daran herumzurätseln, was das geheimnisvolle Gefunkel da droben wohl sei. Obwohl Bruno Bubo unter den weisen und gebildeten Uhus weit und breit der Allerweiseste mit der allergrößten Bildung war, wusste er nur, dass die glitzernden, funkelnden Punkte da oben von den Menschen *Sterne* genannt wurden. Mehr nicht.

"Ich bin zwar", gab sein Bruder Udo zu bedenken, "nicht dein Kaliber in Sachen Bildung, aber wenn auch du nicht weißt, was die Sterne da oben zu bedeuten haben, warum sollten wir das nicht mal näher untersuchen? Vielleicht einfach mal da hinaufliegen?" "Na ja", meinte Bruno, indem er darauf bedacht war, sein mangelndes Wissen in diesem Fall nicht ganz offen zu legen, "deine Idee ist ja eigentlich nicht schlecht, wenngleich ich aus irgendwelchen unerklärlichen Gründen befürchte, dass dieses Experiment nichts bringt ..." "Aber versuchen könnten wir es doch mal!" Da kam in Udo der Praktiker durch, was er dem Bruno voraus hatte. Drum fuhr er auch fort: "Hast du nicht selber einmal gesagt, dass die Menschen den Spruch erfunden haben: probieren geht über studieren?" Von Udos Vorschlag leicht erregt, stellte Bruno seine zwei Federbüschel oben am Kopf, die wie Ohren aussehen, aber keine sind, steil auf und ließ seinen Kopf links herum nach hinten und zurück und rechts herum nach hinten und zurück kreisen, so dass sein Gesicht zweimal in rasantem Wechsel nach hinten und nach vorn schaute. Ja, die aus der Familie der Eulen können das perfekt. Und das nur, weil sie so walzenförmige, starre Augen haben. Da muss eben der ganze Kopf kreisen, um ein weites Gesichtsfeld zu erreichen. Die Natur hat aber dafür gesorgt, dass die Eulen es mit ihrem Rundum-Panoramablick nicht übertreiben können. Sonst würden sie sich den Kopf gar vollends abdrehen.

Nun klappte Bruno gemächlich den einen Augendeckel zu, legte den Kopf nach hinten und schaute mit dem anderen, dem offenen Auge zum Himmel empor. Udo fand das recht lustig, wobei ihm natürlich nicht zum Bewußtsein kam, dass das "Klimpern" mit den Augendeckeln schlicht und ergreifend Eulenart ist. Er konnte es ja auch nicht anders.

"Na gut", sagte Bruno mit fester Stimme, als wäre er nun zu allem entschlossen, "probieren wir es!" "Jetzt sofort?" Udo schüttelte sein Federkleid. "Ja, ja", meinte da Bruno, "erst meine Bedenken in den Wind schlagen und jetzt, wo ich mich für's Probieren entschieden habe, die Federn vor Angst flattern lassen, du gefällst mir!" Weiter kam Bruno im Augenblick nicht, denn seine Frau, die Mine, erschien vor der Höhle in der Felswand und fragte in drängendem Ton: "Fliegst du denn heute nicht auf Mäusejagd?" "Nein, jetzt nicht! Ich habe erst eine sehr wichtige Sache zu erledigen. Wenn du so viel Hunger hast, kannst du ja auch selber auf Jagd gehen." "Ach, mein Schwager Udo ist ja auch da", stellte Mine unvermittelt fest, "warst *du* denn schon auf der Jagd, damit wenigstens meine

Schwester was zu knabbern hat?" "Nein", kam Udos klare Antwort. Und Bruno meinte: "Ist ja wohl wichtiger als jagen, was wir heute Abend vorhaben." "Und was soll das sein?" Mine ließ nicht locker! "Ich will dir die Sterne vom Himmel holen", meinte Bruno, indem er sein fedriges Gesicht zu einem Grinsen zerknautschte, das Frankenstein alle Ehre gemacht hätte, und fuhr fort, "zumindest nach den Sternen *greifen*." Das war Mine zu viel. Sie klapperte ungläubig mit den Augendeckeln und schwang sich mit fast unhörbarem Flügelschlag, wie das bei Eulen so Sitte ist, in die Nacht, den Mäusen oder anderen sättigenden Delikatessen entgegen.

Die beiden Uhu-Männer konnten sich nun endlich ungestört ihrem Forschungs-Experiment widmen. "Also, mein lieber Udo, *du* brauchst keine Angst zu haben, denn *ich* werde fliegen. Und du wartest hier, bis ich zurück bin. Wie lange das dauert, weiß ich allerdings nicht. Ich glaube schon, dass ich bald wieder da sein werde. So weit kann das ja nicht sein." Sprach's und erhob sich in die Lüfte – zu den Sternen empor!

In engen Kreisen schraubte sich der Uhu stetig höher und höher. Der Wald lag schon so tief unter ihm, dass er ihn gar nicht mehr erkennen konnte, zumal es dort unten stockdunkel war, und da sehen Uhus, wie die anderen Eulen auch, nicht viel besser als die Menschen. Eulen hören aber wesentlich besser, und der so genannte Gesichtsschleier wirkt wie ein Schalltrichter und schärft das Gehör noch zusätzlich. Aber hier oben in der uferlosen Nacht nützte das alles überhaupt nichts. Auch die sensiblen

Tastborsten am Schnabelansatz konnten hier nicht helfen. Die erfüllen nur ihren Zweck beim Lokalisieren von Beute aus nächster Nähe.

Doch die Beute, der Bruno entgegen strebte, nein, da war auch mit den sensibelsten Tastborsten nichts zu machen. Die waren völlig wirkungslos in dieser unendlichen Leere und Finsternis um ihn herum. Doch Bruno ließ sich davon nicht beeindrucken und schraubte sich weiter – höher und höher. So hoch war er noch nie in den fünfundzwanzig Jahren seines Lebens, was für einen Uhu schon sehr lang ist, unterwegs gewesen. So stieg und stieg er weiter, getrieben von Forscherdrang oder bloßer Neugier – was im Grunde genommen ja auf dasselbe hinausläuft. Nur, eines musste Bruno bald feststellen: Es wurde immer kälter und die Luft immer dünner. Doch das bereitete ihm keine Probleme, schon eher der hoffnungslose Umstand, dass er den Sternen kein bisschen näher kam. Dabei hatte er doch schon eine halbe Ewigkeit ständigen Steigflugs hinter sich. Es war ihm unbegreiflich: Die funkelnden Sterne wurden nicht größer, sie blieben genauso klein wie von seinem Lieblingsast aus!

Da wurde Bruno die Sache zu dumm. Er sah keine vernünftige Alternative mehr und brach das Experiment ab. Also ging er in den Sinkflug über. Und als im Osten das Morgengrauen über den Horizont kroch, landete er auf seinem kahlen Ast, den sein Bruder längst verlassen hatte und heim geflogen war, um sich's nicht mit seiner Fine zu verderben. Angst hatte er um Bruno keine gehabt. Er vertraute auf dessen in der ganzen Gegend gepriesene Weisheit, zu der ja wohl auch die Vernunft gehört. Auch Brunos Frau Mine vertraute auf diese Tugenden ihres Mannes. Nachdem sie vom Beutemachen zurückgekehrt war und sich einen restlichen Leckerbissen einverleibt hatte, war sie zufrieden und fest eingeschlafen. Von Brunos Rückkehr bekam sie nichts mit.

Und der? Also, der war so kaputt von seinem Höhenflug, dass er es nicht mehr in seine Höhle schaffte. Kaum gelandet, sank er auf seinem Lieblingsast in tiefen und traumlosen Schlaf, die Füße fest um den Ast gekrallt. In diesem Zustand entdeckte ihn auch seine Mine, als sie gähnend aus der Höhle kam, um nachzuschauen, ob denn der "große" Sternenforscher wieder unversehrt heimgekehrt war. Und er war! Sie wusste zwar nicht, worum es bei der ganzen Aktion in Wirklichkeit ging, aber sie würde es sicher noch erfahren und ließ drum ihren Bruno weiterschlafen. Warum sollte sie ihre Neugier nicht einmal bremsen?

Als die Sonne schon hoch am Himmel stand, tauchte Udo auf, um sich zu entschuldigen, dass er nicht gewartet hatte. Vor allem aber wollte er wissen, wie's war da droben. Also stupste er seinen Bruder paarmal, erst sanft, dann heftiger an, bis der endlich erwachte, sein Federkleid aufplusterte und schüttelte und Udo mit großen traurigen Augen anblickte. "Na, wie war's?" Udo war ganz gespannt. "Flop!", erwiderte Bruno lapidar, "kein Erfolg zu vermelden. Ich weiß nicht, wie hoch ich gewesen bin, sicher etliche Kilometer. Aber: Zum Einen ist es da oben kalt – je höher, umso kälter – und zum Anderen kommt man den Sternen nicht näher. Die sind dort oben genauso klein wie von hier aus. Ich habe zwei Vermutungen: Entweder sind die Sterne, als sie mich kommen sahen, vor mir ausgerissen oder aber sie sind so weit von uns entfernt, dass ein paar Kilometer Annäherung überhaupt nichts bringen – wenn du verstehst, was ich meine." "Ich versuch's jedenfalls", sagte Udo, während er bei beiden Augen langsam die "Jalousien" herunterließ als Zeichen dafür, dass er darüber nachdachte.

"Weißt du", erklärte Bruno, "der Spruch, dass probieren über studieren geht, hat sich in einer bestimmten Weise bewahrheitet. Aber nicht, wie du denkst. Es kommt nämlich immer darauf an, wie man eine Sache sieht. Das Probieren ist zwar ein Flop gewesen, hat aber eindeutig gezeigt, dass in unserem Fall das Studieren primär ist, das heißt, an erster Stelle steht. Folglich geht im vorliegenden Fall studieren vor probieren." Udo war mit dieser Philosophie total überfordert: "Wie meinst du das, Bruno?" "Ich meine, dass ich zuerst mehr über die Sterne wissen, also die Sterne studieren muss, bevor ich darüber nachdenken kann, ob die Mittel eines Uhus ausreichen, *praktisch* nach den Sternen zu greifen."

Udo hatte keine Ahnung, wie so etwas zu bewerkstelligen wäre. "Und wie willst du das anstellen?" "Ganz einfach. Ich schwinge mich von diesem Ast und fliege in die nächste Stadt, um mir in einer Buchhandlung entsprechende Literatur ..." "Literatur? Was ist das?", unterbrach Udo. "Bücher sind das", und Bruno vollendete den angefangenen Satz, "zu besorgen." Udo war perplex: "Aber jetzt mal langsam. Du kannst doch nicht am hellen Tag, wo dich jeder sieht, in eine Buchhandlung, oder wie der Laden heißt, fliegen. Da sehen dich die Menschen doch und nehmen dich vielleicht in Gefangenschaft oder schießen dich gar tot. Das geht doch nicht!" "Na gut, ich gebe ja zu, dass die Aktion nicht ganz ungefährlich ist. Sicher, man könnte mich fangen, vorsichtig töten, damit meine Federn nicht verletzt werden, um mich anschließend zu präparieren und ausgestopft in einer Vitrine im Museum auszustellen." *Präpariert, Vitrine, Museum* – das waren alles Begriffe, die Udos Verständnis übertrafen. "Ach, Bruno", meinte er nur, "du wirst schon wissen, was du tust." "Weiß ich auch. Zudem kann ich ja die Sprache der Menschen hier in der Gegend sprechen und mit ihnen reden, falls es mal kritisch werden sollte. Und noch etwas solltest du nicht vergessen – ach so, das habe ich dir noch gar nicht erzählt –, neulich habe ich per Zufall eine Fähigkeit bei mir entdeckt, die ich selber noch nicht kannte: Ich kann mich unsichtbar machen, allerdings – da unsereiner im Dunkeln sowieso fast unsichtbar ist – nur im Hellen, also am Tag oder bei künstlichem Licht, wie es die Menschen haben. Du brauchst dich also nicht um mich zu sorgen." Udo war beruhigt. Doch während er seinen Bruder neben sich auf dem kahlen Ast so anschaute, wäre er vor Schreck fast, wie's so schön heißt, vom Stängel gefallen. Denn Bruno zerbröselte in Wimpernschlagtempo, löste sich in Luft auf und war nicht mehr zu sehen. Bevor Udo jedoch irgendetwas unternehmen konnte, beispielsweise seine Schwägerin alarmieren, setzte sich Bruno genauso schnell wieder aus Abertausenden von Bröseln, so wie ein Puzzle, komplett zusammen und saß unversehrt neben ihm. Und Bruno lachte sich halb schief, als er seinen reichlich verdutzten Bruder betrachtete. "Komm nur wieder zu dir, Udo, ich wollte dir nur mal vorführen, wie das geht, wenn ich mich unsichtbar mache." "Du bist doch ein Teufelskerl", meinte Udo. Er bohrte aber gleich, aufs Äußerste neugierig geworden, nach: "Doch sag', wie funktioniert das mit dem Unsichtbarmachen? Gibst du irgend jemandem, also einer höheren Macht oder so, den Befehl, dich unsichtbar zu machen? Wie geht das, Bruno? Verrat' mir's doch!" "Da gibt es nicht viel zu verraten. Wie ich vorhin schon sagte, bin ich rein zufällig darauf gekommen, dass ich diese Fähigkeit habe. Ich kann mich noch genau daran erinnern, wie's war. Da gibt es doch hier in der Gegend einen aufdringlichen Kolkraben, du wirst ihn auch schon gesehen haben ..." Udo nickte: "Ja, kenn' ich." "Also, dieser schwarze Kerl, der mir immer klar machen will, dass er viel klüger und gebildeter ist als sämtliche Uhus – das hätten die Zoologen längst bewiesen –, kommt angeflogen und setzt sich doch tatsächlich direkt neben mich auf meinen Ast und fängt wieder mit derselben Leier an. Da habe ich ein paarmal ganz intensiv gedacht, wie heilfroh ich jetzt wäre, unsichtbar zu sein! Und was geschieht? Ich höre ein leises Rascheln in meinen Federn. Dann fühle ich mich ganz leicht und höre den Raben sagen: 'Jetzt ist der weg. Grad wollte ich mit ihm reden. Das gibt's doch nicht'.Und ratlos ist er davongeflogen. Sein schwarzes Gefieder, glaube ich, hatte sich ziemlich grün gefärbt vor lauter Ärger, weil er natürlich nicht begreifen konnte, was soeben geschehen war. Ich eigentlich erst auch nicht. Aber dann ging mir ein Licht auf: Allein der intensive Gedanke daran, der inständig gedachte Wunsch, so zu sein, hatte mich unsichtbar gemacht. Wieso das funktioniert, das weiß ich auch nicht. Ich glaube, die Menschen nennen einen solchen Vorgang *Autosuggestion* oder so ähnlich. Bei mir hängt das sicher mit den Genen zusammen, jenen geheimnisvollen Erbgutträgern, Erbanlagen oder Erbeinheiten oder wie die Dinger noch heißen." Nun wusste Udo, wie das geht mit dem Unsichtbarmachen, wenngleich er von Genen oder Erbgutträgern weder die leiseste Ahnung noch die geringste Absicht hatte, ernsthaft darüber nachzudenken. Und mit den Worten: "Viel Gück beim Studieren!", flog er davon.

Auf dem schmalen Sims vor der Höhle erschien Brunos Frau Hermine, die nun beschlossen hatte, ihre Neugier nicht mehr zu bremsen: "Könntest du mir vielleicht mal sagen, was hier gespielt wird?" Bruno grinste: "Hier wird überhaupt nichts gespielt, die Sache ist ernst." Und dann erzählte er seiner Mine von dem, was in der Nacht war, worum es grundsätzlich ginge und was er gleich vorhätte, nämlich in die Stadt zu einer Buchhandlung zu fliegen, um sich über die Sterne zu informieren. Mine gab sich reichlich erstaunt: "Du willst dich über – wie heißen die Dinger? Sterne? Du willst dich über die Sterne informieren? Du weißt doch sonst alles, du Intelligenzbolzen, oder wie sagst du, sagen die Menschen zu so einem, wie du einer bist?" "Vielen Dank, Mine, für das Kompliment!

Aber über die Sterne weiß ich halt nichts! Alsdann, nimm
ein schönes Sonnenbad (Anmerkung: Eulen sollen das zu-
weilen ganz gerne tun) und warte auf mich. So ungefähr
zur Abenddämmerung bin ich wieder zurück. Dann fliege
ich auf Beutefang und bringe dir auch einen Leckerbissen
mit. Ein gedehntes "Juhuuuh!", der für ihn typische Gruß,
folgte diesem Versprechen, und mit entschlossenem, ruhi-
gen Flügelschlag entschwand Bruno Bubo zwischen den
Fichtenstämmen des dunklen Waldes stadtwärts.

***

Die Buchhandlung lag am Marktplatz. Draußen vor
den Schaufenstern standen kleine Tische, auf denen sta-
pelweise Bücher zu günstigen Preisen aufgebaut waren.
Exakt auf diesem bunten Sonderangebot wollte Bruno,
der sich natürlich schon vor Verlassen des Waldes unsichtbar gemacht hatte, landen. Doch das erwies sich
schon als erstes Problem. Denn da standen Leute herum,
die interessiert in den Büchern blätterten und keine An-
stalten trafen, Brunos Landeplatz frei zu geben. Gewiss,
wenn sie gewusst hätten, dass hier ein ausgewachsener,
leibhaftiger Uhu landen wollte, so hätten sie das Feld bestimmt sofort und bereitwillig geräumt, um das außergewöhnliche Ereignis aus einigen Metern Entfernung zu verfolgen und zu bestaunen. Es hätte sogar jemand auf die
Idee kommen können, Frau Wagner, der die Buchhandlung gehörte, zu fragen, ob der Uhu nicht vielleicht von
jenem bekannten Verlag mit der Eule als Signet geschickt

worden wäre, um hier als Werbemanager aufzutreten.

So musste Bruno, auf einer Straßenlaterne sitzend, in Wartestellung verharren und geduldig den Augenblick abpassen, in dem keine Interessenten mehr vor den Büchertischen standen. Da konnte er aber lange warten. Dort standen immer welche! Der Uhu sah sich daher gezwungen, ohne Zwischenlandung den direkten Weg durch die Tür zu suchen. Doch auch dieses Vorhaben war mit erheblichen Schwierigkeiten verbunden. Die Tür war nämlich eine automatische, mittels Lichtschranke gesteuerte Tür. Wenn die sich öffnete, versperrte immer ein Mensch die Türöffnung, der entweder hinein oder heraus wollte. Hinter ihm schloss sich die Tür sofort wieder, so dass, wie Bruno haarscharf erkannte, keine Lücke zum Durchschlüpfen blieb. Durch*fliegen* ging schon gar nicht, bei rund 1,50 m Flügelspannweite ein Unding! Und da ein Uhu naturgemäß auch als flotter Fußgänger nicht zu gebrauchen ist, blieb Bruno einzig und allein die Möglichkeit zu versuchen, hopsenderweise in die Buchhandlung zu gelangen. Zu diesem Zweck verließ er seine Sitzwarte auf der Laterne und flog auf den Boden. Unten gelandet, musste er gleich feststellen, dass dieses Unternehmen nicht nur waghalsig, sondern geradezu lebensgefährlich war! Er hatte sich ja unsichtbar gemacht und somit den auf dem Bürgersteig hin und her flanierenden und zum Teil auch sehr eiligen Passanten jede Möglichkeit genommen, ihm auszuweichen. Einen Vogel von rund 60 cm Körpergröße hätte man wahrlich nicht übersehen können. So aber musste *er* den Fußgängern aus dem Wege hopsen, um nicht zertrampelt zu werden. Dem Uhu flatterten also die Nerven in hohem Maße, wie man sich denken kann, falls man überhaupt in der Lage ist, sich einen vor Nervenflattern schlotternden Uhu vorzustellen ...

Brunos Nerven wurden Gott sei Dank nicht mehr allzu lange strapaziert. Als er sich bis kurz vor die Tür durchgekämpft hatte, löste er die Lichtschranke aus und die Tür öffnete sich – höchstpersönlich für ihn allein! Er war in der Buchhandlung! Wenigstens schon mal ein Teilerfolg. Trotzdem nahmen die Schwierigkeiten kein Ende. Eine junge Verkäuferin und ein Kunde, die ausgerechnet in dem Moment zur Tür geschaut hatten, riefen unisono aus: "Was war das? Die Tür ist von alleine aufgegangen! Und da war doch gar keiner?!" Auch die anderen Kunden wurden nun aufmerksam. Alle blickten zur Tür und dann wild entschlossen im Laden herum, ob da nicht doch wer herein gekommen sein könnte. Doch da war keiner, jedenfalls konnten sie niemanden entdecken. Auch die herbeigerufene Frau Wagner, die Chefin, hatte keine Erklärung dafür, warum sich die Tür geöffnet hatte, ohne dass ein Kunde herein gekommen oder hinaus gegangen war. Eine seltsame Sache!

Im hinteren Teil der Buchhandlung, der sehr geräumig war und in dem nicht so viele Tischchen mit Bücherstapeln und drehbare Ständer mit Taschenbüchern standen und sich im Augenblick auch keine Kunden aufhielten, wagte Bruno einen Flugversuch, um sich oben auf die Treppenleiter dort in der Ecke zu setzen und zu überlegen, wie er nun weiter vorgehen sollte. Aber da war es schon passiert: Mit den rechten Handschwingen (das sind die Federn an der Flügelspitze) streifte er ein Buch, das auf einem der bereits erwähnten Bücherstapel-Tischchen als Blickfang aufrecht aufgestellt war und fegte es herunter. Die Kunden, die drei Verkäuferinnen, vorneweg die Chefin – alle kamen herbei und staunten über das Buch, das ohne jeden ersichtlichen Grund auf den Boden gefallen war. Eine ältere Kundin fand als Erste die Sprache wieder. "Hier spukt es", meinte sie, "nach der Tür machen sich nun auch noch die Bücher selbstständig!" "Es tut mir ja so Leid", beteuerte Frau Wagner, die Buchhändlerin, "ich kann mir nur vorstellen, dass hier der berühmte – aber sicher harmlose – Zufall zugeschlagen hat." "O nein", tönte eine recht tiefe Stimme vom "Gipfel" der Treppenleiter herunter, "ich bitte um Entschuldigung, aber *ich* war der Zufall, der, wie Sie sich ausdrückten, zugeschlagen hat, bei der Tür wie beim Buch." Jetzt war es in der Buchhandlung mucksmäuschenstill! Die berühmte Stecknadel hätte man fallen hören können. Alle Zeugen dieses Schauspiels – wie soll man dies alles sonst nennen? – standen da mit wortlos aufgesperrten Mündern und blickten angestrengt in die Richtung, wo die Stimme hergekommen war. Da ging die Tür auf. Ein Kunde betrat den Laden, sagte freundlich: "Hallo, guten Tag!", um gleich darauf in der Ahnung, dass hier etwas Außergewöhnliches geschehen war, zu verstummen.

Frau Wagner fragte in Richtung Treppenleiter: "Wer sind Sie? Warum hören wir nur Ihre Stimme und sehen Sie nicht?" Und Bruno antwortete: "Ich bin ein Uhu, die größte aller Eulen, und Sie hören nur meine Stimme, weil ich mich unsichtbar gemacht habe. Schließlich wollte ich nicht auffallen. Ein Uhu kommt ja wohl nicht alle Tage in eine Buchhandlung?!" "Na, wenn etwas stimmt, so ist es das!", bestätigte Frau Wagner, "aber – was suchen Sie denn hier in meiner Buchhandlung?" "Nun, nachdem dies wohl die anderen Kunden hier kaum interessieren dürfte, würde ich über meine speziellen Interessen gern mit Ihnen unter vier Augen sprechen. Geht das?" "Selbstverständlich geht das", antwortete die Chefin, eine charmante, attraktive und resolute Dame gegen Vierzig. Bruno fand sie auf jeden Fall sympathisch. Attraktivität, Schönheit, Charme und ähnliche Attribute konnte Bruno bei einer Menschendame nicht so sicher beurteilen. Bei Uhu-Damen wäre ihm das wesentlich leichter gefallen. Da kannte er sich schon eher aus – schon rein naturgemäß.

Einer der in der Buchhandlung versammelten Kunden, ein junger Mann, meinte jetzt: "Hören Sie, Herr Uhu, oder wie soll ich Sie anreden ..." "Mein Name ist Bubo, Bruno Bubo." "Also gut, Herr Bubo. Wie? Bubo sagen Sie? Na, das ist ja interessant! Das ist ja der halbe wissenschaftliche Name des Uhus!" "Der halbe wissenschaftliche Name reicht für einen ganzen Uhu, wenn Sie mir den kleinen Scherz erlauben. Mein Vater hat schon immer gesagt, dieser vollständige wissenschaftliche Name *Bubo bubo* wäre albern und das zweite *bubo* überflüssig." Der junge Mann erklärte sich einverstanden und lächelte ein wenig wegen des halben Namens für einen ganzen Uhu. "Also gut, Herr Bubo", fuhr der Kunde fort, "ich glaube, dass ich im Namen aller hier spreche, wenn ich Sie bitte, sich doch zu erkennen zu geben. Woher sollen wir sonst wissen, dass Sie nicht flunkern und in Wirklichkeit ein scheußliches Gespenst sind und gar kein Uhu. Wie soll denn ein Uhu unsere Sprache sprechen können und dann auch noch so sauber und geschliffen? Nun, wie sieht's aus?"

Bruno verzichtete auf eine Antwort. Warum nicht zu erkennen geben? Er konnte einfach nicht mehr länger als "nackte" Stimme umher geistern. Und vor den Augen des staunenden Auditoriums setzte sich in Bruchteilen einer Sekunde dort oben auf der Treppenleiter aus lauter kleinen und größeren Federteilen ein kompletter Uhu zusammen. Es vollzog sich gewissermaßen die "Erscheinung des Uhus Bruno Bubo", wie der Herr Pfarrer im Gedenken an die bekannte "Erscheinung des Herrn" sagen würde! Die Leute im Raum jedenfalls waren ganz hingerissen! "Ein prächtiges Tier! Und so intelligent!" So ging ein leises Raunen des Staunens und der Bewunderung durch die Reihen. Und die Chefin gar, die war vor allem über die Maßen beeindruckt von den großen Augen mit der prächtigen orangeroten Iris und dem klaren und dennoch unergründlichen Blick.

Damit war dieses einmalige Ereignis zunächst einmal für die kleine Kundenschar beendet. Die einen bezahlten, was sie schon ausgewählt hatten, die anderen kramten noch auf den Tischen und in den Regalen nach der gewünschten Literatur, von den netten Verkäuferinnen gut beraten. Und der aus der Unsichtbarkeit auferstandene Uhu Bruno hopste von der Treppenleiter und folgte Frau

Wagner in deren Büro. Zu Fuß natürlich, denn zum Fliegen war's viel zu eng. Sie setzte sich an ihren Schreibtisch und fragte Bruno, wo er denn sitzen möchte. "Am Besten Ihnen gegenüber auf der Armlehne des Besuchersessels. Die kann ich mit meinen scharfen Krallen nicht so leicht zerkratzen, die ist ja aus Metall."

"Nun, Herr Bubo, was ist es, das Sie derart interessiert?", fragte die Buchhändlerin, "brauchen Sie ein Buch? Wäre ja eigentlich der Zweck eines Besuchs bei mir." "Ja, wissen Sie, ich interessiere mich brennend für die Sterne. Ich weiß wohl, dass jene funkelnden Punkte am Nachthimmel Sterne heißen, mehr aber auch nicht." "Da brauchen Sie also Bücher über Astronomie, die Wissenschaft von den Himmelskörpern. Warten Sie, ich hole ein paar einschlägige Bücher zur Auswahl." Damit entschwand sie nach draußen, um kurz darauf mit Büchern beladen zurück zu kommen. "Bitteschön, schauen Sie!" "Oh, wenn das so einfach wäre. Ich habe doch keine Augen wie Sie, Frau Wagner. Mit meinen Walzenaugen kann ich ganz nahe nur sehr schlecht sehen." Die Buchhändlerin verstand, sie hatte schon irgendwann einmal etwas darüber gelesen. "Sie müssten, wenn ich Sie bitten darf", sagte Bruno, "die Bücher am Besten draußen in Ihrer Buchhandlung – der Raum ist größer als dieses Büro – an der einen Regalwand aufstellen, so dass ich sie von der gegenüber liegenden Seite, also quer durch den Raum, betrachten kann. So ginge es."

Das waren zwar außergewöhnliche Sonderwünsche, aber Frau Wagner sagte sich, dass der Uhu schließlich auch ein absolut außergewöhnlicher Kunde war. Zudem mochte sie ihn. Er war schon allein vom Anschauen her ein wahrlich prächtiger Bursche. Vor allen Dingen – diese Augen! Da war ihr doch vorhin eben – so ganz unvermittelt – der Gedanke durch den Kopf gegangen, sie wäre vielleicht in ein leibhaftiges Märchen geraten und der Uhu gar kein richtiger Uhu, sondern ein verkappter Prinz! Es musste ja nicht unbedingt der berühmte Frosch aus dem bekannten Märchen sein. Und da sie noch keinen Mann hatte, wäre es ihr auch recht, wenn der Märchenprinz dieses Mal in einem Uhu steckte. Man konnte ja nie wissen. Doch gleich darauf siegte ihr Verstand. Der brachte sie schnell zur Vernunft. War doch alles nur Spintisiererei! Auf jeden Fall mochte sie den Uhu, und sie würde ihm auf jeden Fall helfen, ein kleines Privatstudium der Astronomie zu absolvieren. Und wenn er sich wirklich noch als Prinz herausstellen sollte, könne man ja weiter sehen ...

Hier wurden ihre Gedanken harsch unterbrochen. Die Verkäuferinnen öffneten kurz die Tür – natürlich nicht ohne einen langen Blick auf Bruno zu werfen – und verabschiedeten sich mit einem fröhlichen "Tschüs, bis nachher!" in die Mittagspause. "Jetzt, Herr Bubo, haben wir Ruhe und können das, wie Sie's vorhin vorgeschlagen haben, im Laden ausprobieren." Mit diesen Worten stand sie auf, nahm die Bücher unter den Arm und ging aus dem Büro. "Kommen Sie bitte!" Bruno folgte ihr.

Wie er vorgeschlagen hatte, stellte Frau Wagner eines der Bücher an der einen Regalwand auf. Der Uhu postierte sich auf der Treppenleiter, die von der Buchhändlerin an der gegenüber liegenden Wand aufgebaut worden war. "Na, ist es so recht?" "Danke, einwandfrei!", antwortete Bruno, "ich kann alles wunderbar scharf sehen. Was ist das auf dem Titelbild? Das sieht ja fantastisch aus!" "Moment bitte, da muss ich selber erst nachschauen. In Astronomie kenne ich mich auch nicht so genau aus." Nach kurzem Suchen konnte sie Bruno aufklären: "Das ist ein Ausschnitt aus den Dunkelwolkentürmen des Adlernebels M 16 im Sternbild Schlange nach einer Aufnahme des HST. Dieses Kürzel kenne ich. Das steht für die englische Bezeichnung *Hubble Space Telescope* und ist ein Weltraum-Teleskop, benannt nach dem berühmten amerikanischen Astronomen Hubble. Es umkreist seit etlichen Jahren unsere Erde außerhalb der Atmosphäre und hat schon die herrlichsten Fotos aus dem Weltraum geliefert. Sehen Sie, zum Beispiel auch dieses Bild hier." Frau Wagner hatte weiter geblättert und zeigte dem Uhu nun eine Aufnahme vom berühmten Orion-Nebel M 42. "Das ist ja hochinteressant! Diese Strukturen und diese Farbigkeit! Wenn man zum Nachthimmel hinaufschaut, sieht man ja gar keine solchen Farben, auch ein Uhu mit seinem außerordentlichen Scharfblick nicht." Bruno war begeistert, allein schon vom Anschauen, ohne die Zusammenhänge zu kennen. Aber das würde sich ja bald ändern, wenn er in den Büchern erst einmal gelesen hatte. Dann würde er bestimmt auch erfahren, was die geheimnisvollen Abkürzungen M 16 und M 42 bedeuten. Die Buchhändlerin wusste es auch nicht und gab dem Uhu im Übrigen zu verstehen, dass sie jetzt selber Geschmack daran gefunden hätte, mehr über die Astronomie, die Himmelskunde oder Lehre von den Sternen, zu erfahren. Für eine gute Buchhändlerin wäre dieses Wissen wohl ebenfalls recht nützlich. Heutzutage würden doch immer mehr Menschen zu "Sterneguckern", wie es im Volksmund so schön heiße. Und die benötigten ja auch einschlägige Literatur und müssten in einer Buchhandlung fachgerecht beraten werden.

Die rege Unterhaltung der Beiden wurde durch das Ertönen einer flotten Melodie unterbrochen. "Was ist das? Musik?", wollte Bruno wissen, der beim ersten Ton schon ein wenig zusammen gezuckt war und erregt seine Federohren aufgestellt hatte. "Das ist das Telefon. Entschuldigung!" Frau Wagner nahm den Hörer ab und meldete sich: "Buchhandlung am Markt, Wagner!" Dann folgte eine längere Pause. Frau Wagner war ganz Ohr, zumal sie die forschen Töne, die sie da vom anderen Ende der Leitung her vernehmen musste, so recht in Wallung brachten. "Moment mal, Herr Schreiber! So einfach geht das nicht! Jetzt sofort können Sie auf keinen Fall hierher kommen. Sobald ich weiß, ob er an der Sache interessiert ist, werde ich Sie anrufen. Bei allem Verständnis, dass Sie jener bekannten Boulevard-Zeitung mit dem kurzen Namen zuvor kommen wollen, ich muss erst mit ihm sprechen. Und dann sehen wir weiter." Und damit legt sie den Hörer auf.

"Ging's um mich?", fragte Bruno. "Ja, natürlich. Da hat doch tatsächlich schon jemand von den Kunden, die hier waren, die Lokalpresse, also unsere hiesige Zeitung, angerufen und dem Redakteur Schreiber brühwarm erzählt, dass bei mir ein Uhu säße, der ganz hervorragend

Deutsch spräche und sich für Astronomie interessiere. Mit diesem Tier müsse er, Schreiber, sofort ein Interview machen. Was halten Sie davon, Bruno?" Der überlegte eine Weile. Und zwar gründlich, indem er seine Augendeckel wechselweise im "Schneckengang" über die Augen gleiten ließ. Mal linkes Auge zu, rechtes Auge auf, rechtes Auge zu, linkes Auge auf und das ein paar mal hin und zurück. Auf Frau Wagner wirkte das – es hätte auf jeden anderen auch so gewirkt – ausgesprochen komisch, so dass sie, zumal nach der vorangegangenen Verärgerung über diese ultimative Hauruck-Methode des Zeitungsmenschen, gern gelacht hätte. Aber dies verbot ihr der Takt – auch einem Uhu gegenüber.

Bruno beendete seine Überlegungen, blickte wieder aus zwei offenen Augen und sagte: "Entschuldigen Sie bitte, dass ich so lange überlegt habe. Aber, verstehen Sie, für einen Uhu, selbst für einen, der Deutsch sprechen, sich unsichtbar machen und was sonst nicht noch alles kann, ist so ein Interview natürlich etwas völlig Neues. Wenn ich recht informiert bin, ist ein Interview eine gezielte Ausfragerei durch einen berufsmäßig neugierigen Zeitungs-, Rundfunk- oder Fernsehmenschen, nicht wahr? Und dafür kann man wohl auch Geld verlangen, ein so genanntes Honorar? Hab' ich Recht?" "Also", die Buchhändlerin war platt, "ich muss schon sagen, Sie kennen sich ja in der Welt der Menschen hervorragend aus!" "Ohne überheblich sein zu wollen, Frau Wagner: Erstens einmal habe ich schon ein langes Uhuleben hinter mir – als Mensch wäre ich vielleicht schon siebzig, achtzig –

und zweitens mich bereits seit meiner Jugend für Menschen interessiert. Mein Bruder Udo zum Beispiel ist genauso alt wie ich, hat aber von diesen Dingen nur wenig Ahnung. Dem genügt im Wesentlichen das Dasein eines Uhus. Seine einzige Beziehung, die er zu Menschen hat, beschränkt sich auf Abstand halten, so wie es ihm von Natur aus eingeprägt worden ist. Für meinen Bruder falle ich – was ja zu verstehen ist – doch ziemlich aus dem normalen Rahmen. Ich hab das alles von meinem Vater geerbt. Udo eher weniger. Sie wissen ja – die Gene!" "Ich weiß es wohl", bestätigte Frau Wagner, "ja, und was soll ich dem Redakteur sagen?"

"Ich bin einverstanden mit dem Interview. Nur muss er vorher sagen, wie hoch mein Honorar ist. Glauben Sie nicht, ich wäre unverschämt, aber umsonst sage ich kein Wort. Denn schließlich ist das ja kein alltägliches Interview. Und ein paar Scheinchen wären mir allein schon aus dem Grund willkommen, dass ich Ihnen dann auch die Bücher, die ich möchte, bezahlen kann. Normalerweise pflegen Uhus ja nicht über Geld zu verfügen. Ich auch nicht. Ihr Menschen würdet in meinem Falle sagen, dass ich – was sich fast unverdächtig, ja gar gebildet anhört – *insolvent* wäre." Jetzt konnte Frau Wagner frei heraus lachen, ohne dem Uhu taktlos auf die Füße zu treten wie vorhin beim lustigen Augendeckel-Spielchen "Links-rechts-rechts-links".

Nachdem der Uhu sich nun pro Interview mit der Lokal-Presse entschieden hatte, telefonierte Frau Wagner mit dem Redakteur, und verständigte ihn entsprechend, mit der Bitte um Terminvorschläge. Der früheste Termin nach ihrer und des Uhus Möglichkeiten sei morgen. Und nach kurzer Rückfrage bei Bruno fügte sie hinzu, dass es ihr und Herrn Bubo aber am Nachmittag am liebsten wäre. "Wer ist Herr Bubo", fragte der Redakteur, leicht verdutzt zurück. "Na, wer schon? Der Uhu natürlich!" Herr Schreiber (welch treffender Name für einen von der "schreibenden Zunft" ...!) murmelte etwas, dass sich wie ein hilfloses "Aha" anhörte. Der Termin für morgen Nachmittag wäre übrigens auch ihm recht, vielleicht um fünfzehn Uhr. Wegen des Honorars müsse er allerdings noch mit seinem Chefredakteur sprechen. Der wäre aber erst morgen früh wieder im Hause. Nach Rücksprache mit ihm würde er, Schreiber, sie, Frau Wagner, sofort verständigen und den endgültigen Termin für das Interview festlegen. Damit war die Sache, salopp ausgedrückt, angeleiert.

Nun hatten die Beiden, Buchhändlerin und Uhu, wieder Muße, sich weiter dem theoretischen Teil der Astronomie zu widmen, zumal die Mittagspause in der Buchhandlung noch lange nicht vorüber war. Ganz nebenbei bemerkt: Ans Essen dachte ohnehin keiner der Beiden. Frau Wagner fand die ganze Geschichte derart spannend, dass sich Hungergefühle überhaupt nicht bemerkbar machen konnten. Und bei Uhus wird tagsüber sowieso nur äußerst selten etwas gefressen – pardon: gegessen.

Das erste Buch, das Frau Wagner drüben an der Regalwand langsam Blatt für Blatt, damit Bruno die fantastischen Fotos in Ruhe betrachten konnte, durchblätterte, übte auf den Uhu eine nahezu unvorstellbare Faszination aus. Und nicht nur auf ihn, auf die junge Frau auch.

Als sie mit dem Buch durch war, schaute sie fragend zu Bruno auf der Leiter herüber: "Tja, Bruno – äh, entschuldigen Sie, Herr Bubo ..." "Quatsch!", unterbrach Bruno spontan, "da ich in der kurzen Zeit, die wir uns kennen, festgestellt habe, dass uns gemeinsame Interessen verbinden – man könnte ja fast von einer Art Seelenverwandtschaft zwischen Mensch und Tier sprechen –, würde ich vorschlagen, "Bruno" beizubehalten. Einverstanden, Frau Wagner?" Frau Wagner war sofort einverstanden. Dann sollte er sie aber auch nicht mit "Frau Wagner" anreden. Also, wenn schon, denn schon! Sie hätte ja auch einen Vornamen und der wäre *Regina*. Auf diese rasante Art und Weise wurden aus den beiden "Seelenverwandten" Regina und Bruno. Nur beim "Sie" blieb es, was einen gewissen Respektabstand bewahrte.

Nach Erledigung dieser vertrauensvollen Formalitäten nahm Regina den Faden von vorhin wieder auf: "Tja, Bruno, wie stellen Sie sich denn nun die Fortsetzung Ihrer Astronomie-Studien vor, zumal ich – nebenbei bemerkt – auch gern daran teilnehmen möchte? Das Wissensgebiet Astronomie interessiert mich inzwischen ungemein. Es ist beinahe so, als hätte mich ein Virus befallen!" Und verschmitzt lächelnd fügte sie hinzu: "Und daran ist doch tatsächlich ein gewisser großer Eulenvogel schuld!" Hier lächelte Bruno sein charmantestes Lächeln zurück. Nur, ein Lächeln zu "produzieren", ein charmantes gar, ist für einen Uhu naturgemäß eine schwierige bis unmögliche Prozedur. Zu diesem Zweck muss er nämlich den speziellen Federkranz seines Gesichtsschleiers derart verziehen, dass – wie schon einmal beschrieben – eher eine Art Frankenstein'sches Knautschgesicht bei dem angestrengten Bemühen heraus kommt. Dass er damit verbunden die eine Augen-"Jalousie" im Zeitlupentempo bis zur Augenmitte herab sinken ließ, erinnerte da schon viel *eher* an ein Lächeln.

Um auf die Frage der Buchhändlerin zurück zu kommen: Bruno wusste eigentlich auch nicht, wie es weitergehen sollte. Mitnehmen konnte er die ausgesuchten Bücher auf keinen Fall. Die waren viel zu sperrig und zu schwer. Zudem würde er sie mit seinen dolchartigen Krallen bis hinaus in den Wald zu seiner Wohnhöhle bestimmt arg zerkratzen. Und wo sollte er sie dort deponieren? Da war es doch nirgendwo richtig trocken genug und bei Regen schlicht feucht bis nass. Die interessanten Bücher mit den herrlichen Bildern würden in seiner Höhle bald verschimmeln. So ging es nicht! Es wäre doch schade um die schönen Bücher! Er überlegte angestrengt, was zu tun sei.

Auch Regina überlegte angestrengt. Bis es plötzlich in ihren Augen aufleuchtete: Sie hatte *die* Lösung gefunden! "Bruno, ich hab's, jetzt weiß ich, was wir tun. Aber verraten werde ich es jetzt noch nicht. Es soll eine Überraschung werden. Und da die Mittagspause eh' gleich vorbei ist und meine 'Mädchen' zurückkommen, schlage ich vor, dass wir fürs Erste Schluss machen und Sie heimfliegen. Kommen Sie morgen gegen zehn Uhr wieder. Dann werden wir mit einem privaten Astronomie-Studium loslegen, das sich gewaschen hat!" "Das sich *gewaschen* hat?

Was heißt das?" Diese Redewendung kannte Bruno nicht. Regina Wagner klärte ihn auf: "Diese Redewendung benutzen wir in der deutschen Sprache, wenn etwas besonders toll ist, also sinngemäß keine schmutzige Sache, sondern eine sauber gewaschene. *Gewaschen* entspricht *sauber* und steht für gut. Kommen Sie mit, Bruno? Man könnte auch sagen, die Sache ist *nicht von Pappe.*" "Also, wenn ich den Sinn richtig verstanden habe", rekapitulierte Bruno, "so wäre ein Astronomie-Studium, das nicht von Pappe ist, dann schon eher von Gold oder so?" "Sehr richtig, Bruno, toll kombiniert! Und jetzt", sie gab ihm einen sanften Stups, "und jetzt machen Sie, dass Sie zu Ihrer Frau kommen! Oder haben Sie am Ende gar keine?" Bruno klimperte mit den Augendeckeln: "Aber klar doch! Und ob ich eine Frau habe! Die weiß, wo ich bin und wird wohl jetzt, nach Uhu-Art, ein ausgedehntes Mittagsschläfchen halten. Dem werde ich mich dann auch anschließen, vorher jedoch meinen Ausflug in die 'Buchhandlung am Markt' samt charmanter Chefin gründlich Revue passieren lassen. Und danach, so zur Abenddämmerung hin, werde ich das tun, was ein Uhu zu tun pflegt um die Zeit: auf Jagd fliegen. Aber nicht nur für mich, auch für meine Hermine, so heißt meine Frau, damit sie nicht wieder sagen kann, vor lauter Sternen wolle ich sie verhungern lassen. Außerdem kriege ich auch selber bald Hunger. So ein niedliches Mäuschen …! Oh, Entschuldigung! Ich möchte natürlich nicht, dass es Ihnen schlecht wird, weil Sie ja Mäuse, Ratten oder Igel nicht mögen. Einen schönen Hasen in Rotwein vielleicht. Hasen mögen wir Uhus selbstverständlich auch, allerdings wie von der Natur geschaffen, also weder nackt, noch gebraten, noch in Rotwein. In diesem Sinne vielen Dank für Ihre 'Erste Hilfe' in Himmelskunde! Bis morgen!" Regina Wagner öffnete Bruno die Ladentür. Und ohne sich unsichtbar zu machen, weil ja draußen kaum Leute zu sehen waren, breitete er die gar mächtigen Schwingen aus und weg war er. Zurück blieb nur noch ein zum Abschied im wohltönendsten Bass gerufenes "Juhuuuh!".

***

Als "seine" Felswand mit der Wohnhöhle zwischen dem Gewirr der Baumstämme und Äste auftauchte, wurde Bruno schlagartig bewusst, dass er soeben aus einer völlig anderen Welt kam. Aus der Welt der Menschen, einer Welt, die sich sein Bruder Udo oder seine Mine überhaupt nicht vorstellen konnten. Gewiss, in einem Dorf oder in der kleinen Stadt, aus der Bruno gerade zurück kam, waren sie auch schon einige Male gewesen. Allerdings immer nur nachts und vor allem nicht, um die Menschen und ihre Welt kennen zu lernen, sondern einzig und allein wegen der Mäuse, Ratten und anderer "Sachen", die Uhus für Delikatessen halten, weil die Schöpfung ihnen das als Nahrung zugeteilt hat.

Wie Bruno schon vermutet hatte, hielt seine Mine ihr ausgiebiges Mittagsschläfchen. Aber nicht wie sonst, vor der Höhle, nein, auf seinem Lieblingsast mit der schönen Aussicht. Die war ihr jedoch "Wurscht", denn sie schlief

so fest, dass sie erst die "Vorhänge" vor den Augen weg-
zog, als Bruno sich neben ihr auf dem Ast festkrallte. Na
ja, sie war ja auch nicht mehr die Jüngste! Vielleicht hatte
sie schon zwanzig Jahre auf dem Federbuckel? Sie wusste es nicht. Und auch das war ihr "Wurscht". Im Übrigen
allen Uhus, abgesehen von solch raren Ausnahmeerschei-
nungen wie Bruno oder früher dessen Vater.

Bruno begrüßte seine Mine mit einem kurzen "Hallo!",
was ihr sofort bewies, dass er von den Menschen kam.
Denn bei Uhus war "Uhuuh" üblich oder "Juhuuh", aber
nicht "Hallo". Nach diesem kurzen Abstecher in die Welt
der Begrüßungs-Formalitäten kam Hermine dann gleich
und ohne Umschweife zu der Frage, die ihr am wichtigs-
ten erschien: "Na, wie war's? Weißt du nun Bescheid
über die blitzenden Punkte am Nachthimmel? Und auch
über die große runde weiße Scheibe, die man oft da oben
sieht?"

"Wie du dir das vorstellst, Mine, so schnell geht das
doch nicht. Und im Übrigen habe ich es dir schon mal
gesagt: Die Punkte da oben heißen bei den Menschen
'Sterne' und die weiße Scheibe 'Mond'." Dann berichtete
er ihr weiter, dass die Buchhändlerin Frau Regina Wagner
wäre, die er durch sein Interesse für die Astronomie ...
"Astronomie?", fragte Mine dazwischen, "was ist denn
das schon wieder?" "Das ist die Wissenschaft von den
Himmelskörpern, also den Sternen und allen anderen Objekten und Vorgängen im Weltraum ", erklärte Bruno und
fuhr in seinem Bericht fort. Ja, also durch sein Interesse
für die Astronomie hätte er die Buchhändlerin dazu ange-

regt, sich auch ein bisschen mehr über dieses Wissensgebiet zu informieren. Im Allgemeinen wäre sie zwar sehr
belesen, aber bei diesen doch recht speziellen Kenntnis-
sen hätte sie, wie sie zugeben müsste, leider noch einige
Lücken.

Bruno bemerkte auf einmal, dass seine Frau Mühe hatte, sich munter zu halten. Begriff Hermine denn überhaupt
nichts? So schwer zu begreifen war das doch gar nicht?
Da schoss es ihm wie ein Blitz aus heiterem Himmel
durch den Kopf! Er hatte ja Deutsch gesprochen und das
verstand sie nicht. So blieb ihm nichts anderes übrig, als
ihr das Ganze noch einmal, und zwar in der doch arg pri-
mitiven Uhu-Sprache, verständlich zu machen. Viel war
es trotzdem nicht, was Mine begriff. Das Thema war halt
für einen schlichten Uhu, egal ob Mann oder Frau, ganz
einfach zu hoch. Sie fragte ihn nur, warum er denn überhaupt nicht ein einziges Buch mitgebrachte hätte, wenn er
doch schon mal in einer Buchhandlung war. Wie sollte er
ihr das nun wieder plausibel machen? Er versuchte es so:
Diese schlauen Bücher wären durch das viele Wissen, das
in ihnen steckt, und die vielen Bilder so schwer und un-
handlich, dass es ihm nicht möglich gewesen wäre, sie ki-
lometerweit durch die Luft zu schleppen und zum Schluss
auch noch, quasi im Slalom, durch den Wald.

Damit gab sich "Madame" Uhu, wie Bruno seine Frau
in Andeutung seiner sehr spärlichen Französischkenntnis-
se manchmal nannte, zufrieden. Im Übrigen hegte sie auch
keinerlei Bedenken, als er ihr erklärte, dass sein privates
Astronomie-Studium bei Frau Wagner mindestens ein bis

zwei Wochen – täglich einige Stunden – dauern würde. Was sollte dabei auch groß bedenklich sein? Hermine verschwendete keinen Gedanken daran. Und Recht hatte sie. Denn erstens: Uhu-Männer sind ihren Frauen grundsätzlich ein Leben lang treu, anders können sie gar nicht, alles Vorbestimmung. Und zweitens: Wie wollte eine Frau aus der Welt der Menschen einen Uhu zum Beispiel zum Ehebruch verführen? Völlig sinnlos! Und wenn Regina Wagner vielleicht im hintersten Winkel ihres Gehirns auf das Märchen hoffte, dass Brunos Federkleid eines Tages doch noch der ominöse Prinz entsteigen könnte, so müsste Bruno sie bitter enttäuschen. Er hätte ihr heute schon gewissermaßen eidesstattlich versichern können, dass unter seinem Federkleid nichts stecke als ein "hundsgewöhnlicher" Uhu. Dass er, im Unterschied zu den anderen Uhus in der Gegend, von der Schöpfung offensichtlich privilegiert war und paar menschliche Gene und darüber hinaus sogar noch einige, sein Leben wesentlich beeinflussende magische Wundergene mitbekommen hatte, machte ja noch lange keinen Prinzen aus ihm.

"Und, ist *hier* was Besonderes gewesen während meiner Abwesenheit? War Udo da? Oder Fine?", wollte Bruno wissen. "Ja, die waren beide da, um sich zu erkundigen, ob du bald wiederkommst. Und noch einer war da: dein 'Freund', der Kolkrabe! 'Korr' wäre sein Name, hat er gesagt. Passt ja gut zu seiner Stimme." "Stell' dir vor, Mine", unterbrach Bruno, "den zählen die Menschen zu den Singvögeln!" "Ha, da ist unser 'Uhuuh' ja noch edel dagegen, oder?" Bruno nickte beifällig. "Und was wollte er?" "Immer dasselbe, uns Uhus klar machen, das wir nicht so klug wären wie er. Allerdings: Vielleicht weil die Uhu-Frauen ein Stück größer sind als die Männer, was ja auch auf uns Beide zutrifft, hat er es nicht gewagt, sich neben mich auf deinen Lieblingsast zu setzen wie neulich bei dir. Er hat da drüben auf dem Ast gesessen und mit kratziger Stimme zu mir herübergeplärrt. Auf jeden Fall hab' ich ihm gehörig die Meinung gegeigt. Und dass du in der Stadt wärst, um Sterne zu studieren und dass er wohl recht waghalsig wäre. Schließlich sollte er nicht vergessen, dass auf dem Speisezettel der Uhus auch Rabenvögel stünden. Mein Mann, habe ich zu dem schwarzen Kerl gesagt, wäre ja viel zu gutmütig und außerdem nicht sehr scharf auf eine Raben-Mahlzeit. Ich eigentlich auch nicht, habe ich ihm gesagt, aber wenn er uns noch mal belästigen würde, dann solle er sich nur vorsehen! Vielleicht hätten wir dann auch mal auf einen gewissen Herrn Korr Appetit ...?! Das war ihm dann doch zu viel. Und mit grün geärgertem Gefieder und dem gräßlichen 'Korr-korr-korr" ist er dann schleunigst abgehauen."

Inzwischen war die Sonne untergegangen. Die Abenddämmerung senkte sich über Fels und Wald. Was Frau Hermine Bubo prompt veranlasste, Hungergefühle zu entwickeln. Bruno kannte das. Pünktlich zur Abenddämmerung und wenn der Morgen graute, bekam sie Hunger. Auch er hatte ein flaues Gefühl in der Magengegend. Er musste vor allem die durch die außergewöhnliche Aktion "Astronomie in der Buchhandlung" aufgebrauchte Energie durch Nahrungsaufnahme dringend ausgleichen. So starteten sie kurz entschlossen gemeinsam zur Jagd, allerdings auf getrennten Wegen oder präziser ausgedrückt: *Luft*wegen.

***

Am nächsten Vormittag kurz vor zehn Uhr hielt sich die Buchhändlerin vor ihrem Laden auf und sortierte einige Bücher auf den Tischen um. Es war eine Art Verlegenheitsbeschäftigung. Denn eigentlich wartete sie nur auf "ihren" Uhu, den sie gleich hier vor der Tür ein wenig umleiten wollte.

Ihr war es ja unerklärlich, woher ein Uhu weiß, wie spät es ist, schließlich hängt im Wald ja wohl keine Uhr herum. Aber, wie dem auch sei: Pünktlich zur verabredeten Zeit landete der unsichtbare Bruno Bubo auf einem der Tische vor der Buchhandlung. Außer Regina Wagner standen glücklicherweise gerade keine Leute an den Tischen. So hatte er freie Landebahn. Die Buchhändlerin zuckte unmerklich zusammen, als sie plötzlich seine Stimme neben sich hörte: "Hallo! Da bin ich!" Ein schnelles "Hallo!" zurück, damit nicht doch noch jemand dazwischen käme, und Regina erklärte Bruno, durch welches Fenster er ab heute immer ins Haus kommen solle. Es wäre ganz oben im Dachgeschoss gleich das erste Fenster links, vom Marktplatz aus gesehen. Das Fenster sei offen. Bruno hatte verstanden. "Vorsicht, ich starte!" Regina trat einen Schritt zur Seite. Und Bruno "ruderte" sich mit unsichtbaren Schwingen zum Dachgeschoss empor.

Als er das ihm für die nächste Zeit zugewiesene Fenster passiert hatte, dachte er sich wieder sichtbar und sah sich um. Er befand sich in einem Raum mit Riesenfenstern und fast so groß wie ein Saal. Wahrscheinlich, vermutete Bruno, hatte er nicht viel weniger als ... weiter kam er nicht in seinen Überlegungen. Die brauchte er nun auch nicht mehr fortzusetzen, denn Regina betrat den Raum und setzte weiteren Spekulationen ein Ende.

Als Erstes klärte sie den Uhu auf, dass dieser Raum das Atelier ihres verstorbenen Vaters gewesen wäre und, bis auf den Nebenraum dort hinten und das Treppenhaus, so groß wäre wie die restliche Grundfläche des Hauses. "Mein Vater war ein weit über unsere Region hinaus bekannter Landschaftsmaler, der in der ganzen Welt herumgekommen ist. Leider hatte er von seiner letzten Südamerikareise ein böses Virus mitgebracht, das dann auch die Ursache für seinen zu frühen Tod gewesen ist. Er war gerade mal 59 Jahre alt, als er vor gut zwei Jahren starb. Von meiner Mutter, die diese Buchhandlung von ihren Eltern übernommen hatte, habe ich dann nach dem Tod meines Vaters die Buchhandlung überschrieben bekommen. Sie hatte keine Lust mehr und wusste ja, dass ich als gelernte Buchhändlerin keine Probleme damit haben würde. Dies nur mal kurz erwähnt, wobei ich hoffe, dass es Sie überhaupt interessiert." Dabei schaute sie Bruno fragend an. Als der beifällig nickte, berichtete sie weiter.

"Mein Vater, wie Sie sich vielleicht auch als Uhu – mit Ihrer Begabung sicher – vorstellen können, lebt natürlich in seinen Werken weiter. Einige seiner Bilder kön-

nen Sie da drüben an der Wand sehen und auf den Staffeleien dort hinten. Auf seinen vielen Reisen hat er – schon
aus Platz und Transportgründen – oft nur skizzenhafte
Aquarelle gemalt. In diesem Atelier entstanden dann danach fantastische Ölgemälde. Die nannte er stets, und das
war für seine humorvolle Art typisch, wenn er laienhaft
nach der Maltechnik gefragt wurde, seine 'kulinarischen
Bilder in Essig und Öl'. Ja, so ist er gewesen!" Bruno begriff den Sinn dieser Umschreibung nach kurzem, angestrengten Überlegen und zerknautschte sein Gesicht zu einem Grinsen.

"Und neben dem Malen hat sich mein Vater auch noch
mit Begeisterung und viel Erfolg der Fotografie und der
Schriftstellerei gewidmet. So sind einige Reisebücher entstanden, illustriert mit seinen Aquarellen und Fotos. Ich
zeige Ihnen später mal welche, Bruno. Aber jetzt kommen
Sie erst einmal mit! Am Besten, ich trage Sie. Wie schwer
sind Sie eigentlich?" "Höchstens zwei Kilo", antwortete
der Uhu. Darauf die Buchhändlerin: "Na, das schaffe ich
doch mit links!" Damit Bruno ihr nicht mit seinen scharfen Krallen den Arm verletzen konnte, hatte sie sich in
weiser Voraussicht eine Ledermanschette besorgt, die sie
um ihren rechten Arm schnallte. Da hüpfte der Uhu nun
drauf und genoss es sichtlich, von einem Menschen, dazu
noch von einer Dame, getragen zu werden. Mit den Worten "Jetzt kommt meine Überraschung!", trug sie ihn in
den bereits erwähnten Nebenraum, dessen Fenster ab-
gedunkelt war. Regina schaltete das Licht ein. "Dies hier
ist der Ruheraum meines Vaters gewesen, wenn er mal

eine schöpferische Pause einlegen musste oder wollte." "Und wo ist die Überraschung?", fragte Bruno, inzwischen sehr neugierig geworden. "Da!", Regina wies mit dem linken, dem freien Arm auf ein schwarzes Gerät auf einem Tisch am Kopfende des Raumes. "Was ist das?" "Ein Episkop." "Ein Episkop? Noch nie gehört. Was also ist ein Episkop?" Bruno wollte es genau wissen. Regina ging die paar Schritte zu dem hoch aufragenden, geheimnisvollen Apparat, setzte Bruno auf einer Stuhllehne ab und lüftete das Geheimnis. "Mit einem Episkop kann man ein Papierbild, also auch eine Buchseite, grob vereinfacht gesagt, mittels einer Projektionslampe mit Reflektor und Gegenreflektor, einer optischen Linse, Objektiv genannt, und einem Projektionsspiegel auf eine Projektionswand projizieren. Jetzt passen Sie bitte auf, Bruno!" Regina schaltete die Projektionslampe ein und das Raumlicht aus. Auf der Bildbühne des Gerätes lag ein Buch. Es war das von gestern und aufgeschlagen die Seite mit dem Adlernebel M 16, der Bruno gestern schon so fasziniert hatte. Aber zwischen der kleinen Abbildung von gestern und dem heute auf die gegenüber dem Episkop angebrachte Projektionswand projizierten, stark vergrößerten Bild – also bitte, da lagen ja Welten! Bruno kam aus dem Staunen nicht heraus. So etwas hatte er noch nie gesehen! Auch die Buchhändlerin hatte ein Bild aus dem Weltraum, derart stark vergrößert, noch nie gesehen. Das Bild füllte fast die ganze Projektionswand aus, und die maß zwei mal zwei Meter. "Das ist schlicht spektakulär!", versuchte sie ihre Empfindungen angesichts dieser Abbildung auszudrücken, "da könnte man glatt hineinwandern und darin umherspazieren!" "Oder fliegen!", ergänzte Bruno.

"Oder fliegen – natürlich würde ein Uhu fliegen. Viel Energie müssten Sie da draußen im luftleeren Raum wohl nicht aufwenden. Einmal in Schwung, würden Sie höchstens mal einige Flügelschäge benötigen, um die Richtung zu ändern. So stelle ich mir das wenigstens vor. Auf jeden Fall bin ich total hingerissen von diesem Adlernebel. Nur, wenn ich das Bild mit Worten beschreiben sollte, bekäme ich Probleme. So etwas muß man einfach gesehen haben: dieses rot leuchtende Nebelgebilde mit den dunklen, ja fast schwarzen Strukturen, und in der Mitte dieses Fabelwesen aus dunklen Staubwolken, das tatsächlich aussieht wie ein fliegender Adler. Und das alles übersät mit unzähligen weiß leuchtenden Sternen der verschiedensten Intensität. Also, da brauchte man ja einen Sack voll Ausrufungszeichen, um seine Empfindungen auszudrücken."

Darauf meinte Bruno, sie hätte das Bild trotz der von ihr angekündigten fehlenden Worte doch schon ganz treffend beschrieben. Selbst die Ausrufungszeichen hätte er deutlich herausgehört. Doch wenn er noch etwas Ergänzendes dazu bemerken dürfte: Das Dunkelwolkengebilde in der Mitte des Adlernebels erinnere ihn nicht nur an einen fliegenden Adler, sondern – für einen Uhu wäre das ja sehr naheliegend – auch an abgestorbene Baumstämme mit einem Seitenast, der sein Lieblingsast im All werden könnte, falls er jemals da hinauf käme ...!

Daran allerdings begann er bald zu zweifeln, als nämlich die Buchhändlerin in dem Buch die nächste Seite aufschlug und Bruno lesen musste, dass dieser, von Sternen aufgeheizt, rot leuchtende Wasserstoffgasnebel sage und schreibe 7 000 Lichtjahre von der Erde entfernt ist. Wie sollte er es schaffen, so weit in den Weltraum vorzustoßen. Ja, Moment mal! "Wie weit ist das eigentlich, 7 000 Lichtjahre?" Da konnte ihn seine "Studienkollegin" Regina aufklären. "Können Sie rechnen, Herr Uhu?", fragte sie Bruno, indem sie siegessicher lachte in der Überzeugung, dass ein Uhu, wenngleich er menschliche Züge und einige erstaunliche Fähigkeiten hatte, auf keinen Fall rechnen kann. Der jedoch entgegnete: "Lachen Sie nur, wenn's Ihnen danach ist, aber der 'Herr Uhu' beherrscht zumindest die Grundrechenarten." Da hatte sie's! "Also, dann rechnen wir mal! Um auf ein Lichtjahr zu kommen, müssen wir erst einmal die Lichtgeschwindigkeit kennen. Und die beträgt im Vakuum pro Sekunde 299 792,458 Kilometer. Nachdem eine Stunde 3 600 Sekunden hat, müssen wir folglich den Sekundenwert mit 3 600 multiplizieren. Was dabei herauskommt, mal 24, denn ein Tag hat 24 Stunden. Und zum Schluss multiplizieren wir mit 365. Dann haben wir den Wert für ein Lichtjahr, also die Entfernung in Kilometern, die das Licht in einem Jahr zurücklegt." Bruno schüttelte entsetzt sein Gefieder: "Sollten wir nicht doch lieber in einem schlauen Buch nachsehen, wo das Ergebnis drin steht?" "Das Beste wird es sein", meinte auch Regina. Sie schaute nach und hatte es auch gleich gefunden. "Halten Sie sich fest, Bruno! Das Ergebnis lautet: 9,4605 Billionen Kilometer, nicht zu verwechseln mit *Mil*lionen, nein *Billionen*, oder noch imponierender ausgedrückt – 9 460 Milliarden Kilometer!! Und diese Wahnsinnszahl müssen wir noch mit 7 000 multiplizieren, um endlich beim Adlernebel angekommen zu sein!

Der Uhu schüttelte sich ein übers andere Mal, als wollte er sein Federkleid abwerfen und "klimperte", aufs Höchste erregt, mit seinen Augendeckeln. Schließlich konnte er sich nur zu diesem Kommentar durchringen: "Das verstehe, wer will, ich nicht!!" "Ja, meinen Sie vielleicht, ich?", gab die Buchhändlerin offen zu, "angesichts solcher Zahlen wird mir nur allzu klar, was mit astronomischen Preisen gemeint ist. Zum Beispiel, wenn jemand sich so ein Super-Automobil namens Rolls Royce zulegen möchte."

"Aber lassen wir das! Jetzt wollen wir erst einmal sehen, was uns dieses geheimnisvolle Buch noch zu bieten hat. Ein grober Überblick reicht ja fürs Erste", meinte Regina. Wahllos blätterte sie weiter und schlug eine Textseite auf. So schön groß projiziert, hatte auch Bruno, der Uhu, keine Mühe mit dem Lesen. Hoch konzentriert lasen nun Mensch und Vogel, was da zu lesen war. Von einem Herrn Albert Einstein wurde da berichtet, einem der wohl berühmtesten Physiker der Welt. Der hätte zwar als Schüler wenig Anlass zu der Vermutung gegeben, es könne aus ihm eines Tages etwas Großes werden, aber es wäre dann doch so gekommen. Die Mathematik, das Fach, in dem er in der Schule gute Leistungen gezeigt haben soll, kann ja wohl *allein* unmöglich die Basis für seine spätere Weltberühmtheit als Physiker gewesen sein. Durch die von ihm entwickelte Allgemeine Relativitätstheorie wäre zwar die klassische Physik nicht unerheblich ins Wanken geraten, letztendlich jedoch als Erweiterung sehr von Nutzen gewesen. Vor allem für die Kosmologen, die sich, gewissermaßen als Unterabteilung der Astronomen, mit dem zeitlichen und räumlichen Aufbau des Weltalls befassten. Außerdem hätte Einstein den Beweis angetreten, dass die Lichtgeschwindigkeit die höchstmögliche Geschwindigkeit überhaupt sei, völlig unabhängig von der Bewegung eines Systems, eine so genannte Konstante also.

Damit war die eine Seite zu Ende. Regina projizierte die nächste. Auf der ging es mit dem Thema *Lichtgeschwindigkeit* weiter. Bruno war dieser Lehrstoff gerade recht, befasste es sich doch auch mit der Lichtgeschwindigkeit als notwendiger Reisegeschwindigkeit für Flüge zu Himmelsobjekten außerhalb unseres Sonnensystems. Und da wollte er ja hin! Doch nachdem er das alles gelesen hatte, sah er tief schwarz für seine "Raumfahrtpläne". Und als die Seite zu Ende war, sagte er zu Regina nur noch: "Halt!" Denn wenn er's recht bedachte, konnte er im Augenblick keinen klaren Gedanken mehr fassen. In seinem Kopf summte es wie in einem Bienenstock.

Regina erging es ähnlich, selbst mit der gewissen Vorbildung, über die sie als Mensch durch Schule und Studium verfügte. Sie wusste aber wenigstens einigermaßen noch, wo oben und unten war. Dass einem Uhu da förmlich der Kopf rotierte nach so viel für ihn nahezu unfassbarer Information, war ihr mehr als verständlich. Und als das schnurlose Telefon in Reginas Jackentasche die Bruno schon bekannte Melodie erklingen ließ, ergab sich eine willkommene Unterbrechung. Eine der Verkäuferinnen war dran, nur um zu sagen, dass sie jetzt in die Mittagspause gingen; im Übrigen wäre das Geschäft gut gelaufen, bis jetzt, sonst nichts Besonderes.

"Tja, und was tun *wir* jetzt?", fragte Regina den Uhu. "Wir machen auch Mittagspause. Sie werden schließlich etwas essen wollen. Und ich brauche Frischluft und werde drum in den Wald fliegen. Bei dem schönen Wetter können Sie ja das Fenster offen lassen, damit ich wieder hereinkomme. Hat eigentlich der Mensch von der Zeitung angerufen?" Die Buchhändlerin war untröstlich. Natürlich hatte der Mensch angerufen. Sie hatte ganz vergessen, es ihm zu sagen. Herr Schreiber käme, wie abgesprochen, um fünfzehn Uhr. "Hat er auch etwas wegen des Honorars gesagt?" Regina nickte und nannte ihm den Betrag. "Also", sagte Bruno, "das ist für Sie, fürs Studium. Was will ein Uhu mit Geld anfangen? Ein Uhu hat kein Portemonnaie und auch kein Konto bei der Bank." "Na, dann vielen Dank!" Damit war die Sache geklärt. Und Bruno, natürlich wieder unsichtbar, entschwand durch das bewusste Fenster und Regina ins Café nebenan auf einen Kaffee und etwas zum Essen. Außer Kuchen und Torte gab es dort immer leckere Kleinigkeiten. Viel wollte sie ja nicht, mit Rücksicht auf die schlanke Linie ...

Bruno hatte sich inzwischen im kleinen aber feinen Stadtpark einen brauchbaren Ast als Sitzwarte gesucht und gefunden. Dort saß er nun mit geschlossenen Augen und versuchte angestrengt, das Chaos in seinem Gehirn zu sortieren, den Wust an Informationen zu verdauen und ein geordnetes Wissen daraus herzustellen. Da war an Schlafen nicht zu denken, wonach es ihm tagsüber ja üblicherweise immer war. Bald hatte sich der Aufruhr in seinem Kopf gelegt. Er war wieder aufnahmefähig. Vorstellungskraft und Fantasie hatten sich auch wieder normalisiert. Dabei kam es ihm unvermittelt in den Sinn, dass Uhus mit nur normalen Uhu-Genomen, sprich Uhu-Erbanlagen, doch ein viel unbeschwerteres Leben führen könnten als so einer wie er. Diese Gedanken verwarf er jedoch gleich wieder eingedenk der Tatsache, dass *sein* Leben zweifellos wesentlich interessanter war. Den Genen oder sonstwelchen ihm innewohnenden unergründlichen Eigenschaften und dem, der sie ihm beschert hat, sei's gedankt!

Nachdem Bruno seine innere Ruhe wiedergefunden hatte, wäre er beinahe doch noch eingeschlafen. Aber den Interview-Termin mit dem Zeitungsmenschen durfte er auf keinen Fall "verpennen". Also wach geblieben, Bruno!

***

Frau Wagner und Bruno empfingen Herrn Schreiber, den Redakteur von der Lokalpresse, im saalartigen Atelier unterm Dach. Das Interview fand also in künstlerischer Atmosphäre statt, umgeben von Bildern, Staffeleien, Paletten, Pinseln und anderen Malerutensilien. Diese vielen Sachen fielen Bruno erst jetzt so richtig auf. Heute Vormittag hatte er das vor lauter Astronomie gar nicht so bewußt registriert.

"Mein Name ist Schreiber, ich bin Redakteur bei der hiesigen Zeitung, den 'Stadtnachrichten', und hätte gern ein paar Fragen an Sie gerichtet, zumal es ja wohl außerordentlich ungewöhnlich ist ..." "Bitte, entschuldigen Sie, Herr Schreiber, wenn ich Sie unterbreche. Damit Sie wissen, wie Sie mich ansprechen können – ich weiß ja nicht, ob sie Frau Wagner schon informiert hat –, meine Name ist Bubo, Bruno Bubo." "Vielen Dank, Herr Bubo!", der Redakteur lächelte und nahm den Faden wieder auf, "zumal es ja außerordentlich ungewöhnlich ist, mit einem Uhu ein Interview zu führen!" Schreiber machte deshalb wohl auch einen leicht unsicheren Eindruck. Er blätterte eine Weile in seinem Notizblock, den er auf dem Oberschenkel seines rechten Beines geparkt hatte, während Bruno sich amüsiert fragte, warum eigentlich den Menschen, am meisten den Frauen, nach dem Hinsetzen nichts Anderes einfiele, als die Beine übereinander zu schlagen. (So kann sich auch bloß ein Uhu fragen, er selber fiele ja vom Ast, schlüge er die Beine übereinander und nur das Ausbreiten der Flügel könnte ihn vorm Absturz retten ...!) Nun hatte der Herr Journalist seine Notizen endlich gefunden (bei der bekannten Boulevard-Zeitung mit dem kurzen Namen wäre er wohl in diesem Moment nicht als besonders tauglich beurteilt worden!) und ging zur Befragung über. Und allmählich kam er auch so richtig in Fahrt mit seinen Fragen! Bruno antwortete sehr überlegt und geschliffen. Doch Regina wunderte sich bei ihrem neuen Freund über nichts mehr. Sie konnte ihn nur schlicht *bewundern*, was Bruno natürlich ungemein schmeichelte!

"Herr Bubo, wissen Sie eigentlich wie alt Sie sind?" "Wenn ich mich nicht verrechnet habe, müsste ich fast fünfundzwanzig Jahre alt sein." "Können Sie das in Menschenalter ausdrücken?" "Ausdrücken schon, wenn ich's wüsste. Aber ich weiß es nicht. Bei uns Uhus gibt es keine Statistiker. Die wüssten vielleicht, welche Lebenserwartung ein Uhu hat, dazu noch fein unterschieden zwischen Mann und Frau. Wer weiß? Vielleicht siebzig? Oder gar achtzig?" "Würden Sie, Herr Bubo, Ihre ungewöhnlichen Fähigkeiten, logisch zu denken, Deutsch zu sprechen und zu lesen als abartig für einen Uhu bezeichnen?" Abartig? Bei diesem nach ihrer Meinung taktlosen Begriff zuckte Regina zusammen. Aber vielleicht war *abartig* für den Redakteur in diesem Fall das Normalste von der Welt. Bruno jedenfalls ließ sich nicht irritieren und antwortete ungerührt: "Abartig? Nun, mit diesem Wort kann ich nichts anfangen. Sie sollten es besser durch das Wort *einmalig* ersetzen. Ich finde es jedenfalls einmalig, als Uhu solche elitären Fähigkeiten zu besitzen. Zwei weitere Fähigkeiten kommen übrigens noch hinzu: Was ich sehe, lese und höre, kann ich abspeichern wie auf einer Computer-Festplatte und bei Bedarf abrufen. Außerdem kann ich mich unsichtbar denken." "Unsichtbar *denken*?" "Jawohl, ich *denke*, ich wäre unsichtbar und *bin* unsichtbar!" "Und wie funktioniert das?" "Entschuldigung, weiß ich nicht, aber es funktioniert. Alles Andere interessiert mich nicht." Der Herr Redakteur war platt, und Bruno dachte fast, die Ausfragerei wäre jetzt vorbei. Von wegen, es kam noch mehr. "Darf ich erfahren, wo Sie wohnen?

Und wenn Sie schon so menschliche Züge haben, sind Sie verheiratet?" "Ich wohne im Wald. In welchem, sage ich freilich nicht. Da würden doch mit Sicherheit wahre Heerscharen von Journalisten, Jägern, Ornithologen, Fotografen und wer sonst nicht noch alles die Natur da draußen rebellisch machen, nur um einen kleinen elitären 'Ausrutscher' der Schöpfung zu Gesicht zu bekommen. Nein, nein, das nicht! Und zur zweiten Frage: Verheiratet ist ein Uhu nie, aber eine Frau hat fast jeder, und der bleibt er, von Natur aus vorgeprägt, treu bis ans Lebensende. So auch ich." Nach dieser Antwort war der Redakteur von der resoluten Art des Uhus derart beeindruckt, dass er beinahe vergessen hätte, die Frage der Fragen zu stellen. Aber das fiel ihm gerade noch zur rechten Zeit ein. "Bevor ich es vergesse, frei heraus gefragt: Was hat Sie veranlasst, eine Buchhandlung aufzusuchen? Sie hatten doch wohl bestimmt nicht die Absicht, einen Roman zu kaufen, um in dem dort draußen in Ihrem Wald zu schmökern?" Bruno empfand die Frage als recht ironisch und entschloss sich daher, auf exakt diese Weise auch zu antworten. Und ohne seinen fedrigen Gesichtsschleier auch nur im Geringsten zu verziehen, entgegnete er: "Im Normalfall liest ein Uhu überhaupt nicht, weil er nicht lesen *kann*. Wenn er aber schon dazu auserwählt ist, lesen zu können, dann bestimmt keine Romane. Dann muss es schon eher etwas für die Bildung sein. Vielleicht ein Buch über die Schwächen und Stärken des menschlichen Verstandes? Aber Ironie beiseite: Ich bin hier, um Astronomie zu studieren." "Astronomie zu studieren?", fragte der Zeitungsmann, sichtlich verdutzt, "in einer Buchhandlung?" "Warum nicht? Glauben Sie etwa, eine Universität würde einen als Studenten akzeptieren, der kein Abitur hat und noch dazu ein Uhu ist? Frau Wagner und ihre Bücher sind für meine Zwecke völlig ausreichend!" "Und mit welchem praktischen Ziel interessieren Sie sich derart für die Astronomie?", bohrte der Redakteur nach. "Das kann ich heute noch nicht sagen. Sie werden auf jeden Fall zu gegebener Zeit davon erfahren, da bin ich sicher."

Da Herrn Schreiber keine Frage mehr einfiel und auch in seinem Notizblock keine mehr stand, klappte er diesen zu und ließ ihn in seiner Jackentasche verschwinden. Dann dankte er Bruno für das Gespräch und verabschiedete sich mit dem Versprechen, Frau Wagner und Herrn Bubo Belegexemplare zukommen zu lassen. In zwei Tagen würde der Bericht erscheinen. Die Buchhändlerin meinte zum Abschied – mit einem Lächeln – nur noch: "Titeln Sie aber ja nicht 'Ortsansässige Buchhändlerin hat einen großen Vogel'! Dann kriegen Sie's mit mir zu tun! Ansonsten hoffe ich natürlich, dass in dem Bericht 'Ross und Reiter' – Sie verstehen schon – genannt werden. Ein bisschen Reklame kann ja nie schaden." Schreiber versprach's und verließ eilig, als wäre ihm plötzlich noch ein Termin eingefallen, den Raum.

Die Zwei atmeten auf, als der Redakteur gegangen war. Doch zu früh gefreut! Die Tür ging wieder auf, und wer kam herein? Der Redakteur natürlich. Hatte er doch vergessen, ein Foto zu machen. "Entschuldigung, ich habe vergessen ..." "Schon verstanden. Legen Sie nur los! Wie hätten Sie's denn gern?" Man wurde sich rasch einig. *Buchhändlerin mit Wunder-Uhu auf Arm* war das passende Motiv. 'Damit ist der Werbeeffekt sowieso schon gesichert', dachte Regina im Stillen.

Nun war der Herr Lokalredakteur endgültig gegangen. Regina blickte den Uhu fragend an und erkundigte sich, ob er noch ein paar Bilder sehen wolle oder für heute genug habe. Bruno meinte, man könne ja noch eine Weile miteinander reden, falls sie nicht in die Buchhandlung hinunter müsse. Nein, sie müsse nicht. Sie würde vorschlagen, den Stoff von heute zu rekapitulieren und zu vertiefen. Vor allem aber hielte sie es für einen absoluten Neuling auf dem Gebiet der Astronomie – wie er ja wohl einer sei – für ganz besonders wichtig, auch einmal die grundlegenden astronomischen Begriffe und Zusammenhänge dranzunehmen, was beispielsweise der Unterschied ist zwischen Fixsternen und Planeten, was man unter einer Galaxie versteht, wie sich unser Sonnensystem aufbaut und, und, und.

Bruno war einverstanden, bat sie aber um Verständnis, dass er erst für kurze Zeit die Augen schließen müsse, um die auf der "Festplatte" in seinem Kopf gespeicherten astronomischen Informationen von heute abzurufen. Das Schließen der Augen wäre für diesen Vorgang so unerlässlich wie der Maus-Klick am Computer. Es dauerte nur wenige Sekunden und Bruno war bereit. Als das für ihn vordringliche Thema habe er – natürlich – die *Lichtgeschwindigkeit* ausgesucht. Die möchte er gern noch einmal unter anderen Aspekten diskutieren. Sie beide, meinte er, hätten zwar das "Pferd" – sprich ihre Studien – bisher wohl recht "von hinten aufgezäumt". Trotzdem würde er es sehr begrüßen, wenn der Grundkurs noch etwas warten könnte. Dann wandte sich Bruno wieder dem Phänomen *Lichtgeschwindigkeit* zu.

"Wenn wir den Adlernebel von der Erde aus im Fernrohr betrachten, so hat also sein Licht, das wir jetzt empfangen, bei einer Entfernung von 7 000 Lichtjahren eine Reise von 7 000 Jahren hinter sich. Ist das richtig?" "Natürlich", meinte Regina, "so verstehe ich das auch. Logischerweise könnte das bedeuten, dass der Adlernebel in den 7 000 Jahren, die sein Licht zur Erde unterwegs ist, längst seinen 'Geist' aufgegeben hat." Und Bruno fasste zusammen: "Grundsätzlich können wir folglich feststellen: Der Blick ins Weltall ist immer ein Blick in eine mehr oder weniger lange Vergangenheit, bei der Sonne, den Planeten und unserem Mond eine kurze und bei den Sternen, Sternhaufen und Gasnebeln eine lange bis sehr lange Vergangenheit." Und Regina ergänzte: "Von den Milliarden Galaxien, also Milchstraßen-Systemen wie unsere Galaxis, die es im Universum gibt, ganz zu schweigen. Die sind ja zig Millionen Lichtjahre von uns entfernt! Nein, Bruno, solche Dimensionen übersteigen jede Fantasie! Oder sind Sie anderer Meinung?" "Um Himmels willen, nein!", erwiderte der Uhu, "nur, damit ist die ganze Geschichte für mich noch lange nicht zu Ende gedacht."

Und dann entwickelte Bruno der Buchhändlerin seine Gedanken zur Lichtgeschwindigkeit, die ja, falls er jenen Herrn Einstein richtig verstanden hätte, die anzustrebende

Reisegeschwindigkeit für Flüge zu anderen Sternen wäre. Aber wie sollte er, Bruno Bubo, auf Lichtgeschwindigkeit kommen, um in seiner restlichen Lebenszeit beispielsweise den Adlernebel zu erreichen? Völlig unmöglich! Selbst wenn er Lichtgeschwindigkeit erreichen *könnte*, wäre das Unternehmen illusorisch, selbst unter Berücksichtigung jener in Albert Einsteins Relativitätstheorie enthaltenen These, ruhende Uhren würden schneller gehen als bewegte, also der im mit Lichtgeschwindigkeit bewegten Raumschiff reisende Bruno Bubo langsamer altern als die zurück bleibende Regina Wagner mit ihrer ruhenden Uhr.

An dieser Stelle seiner Gedankenkombinationen kapitulierte der Uhu endgültig! Ihm schwindelte nicht nur, nein, er hatte das Gefühl, sein Kopf hätte sich in rasanter Rotation abgedreht und flöge nun ohne den Rest des Körpers in den nächsten Wald. Und seine Mine und Bruder Udo samt Schwägerin Fine würden ohne jedes Mitgefühl, womöglich noch gar mit der geringschätzigen und makaberen Bemerkung "Das hat der Spinner nun davon!", an seinem abgedrehten Kopf vorbeifliegen.

Regina hatte volles Verständnis, dass Bruno für heute die Nase, sprich den Schnabel, von Astronomie und deren unvorstellbaren Dimensionen voll hatte. Im Übrigen sollte sie sowieso mal wieder nach dem Geschäft schauen. Und mit dem Versprechen, morgen Vormittag weiterzumachen, entfleuchte Bruno Bubo durchs offene Fenster, seinen Lieblingsast als Ziel sehnsüchtig vor Augen.

***

Daheim angekommen, fand Bruno seine Hermine und Bruder Udo samt Josefine vor seiner Wohnhöhle versammelt. Es war später Nachmittag und sie hatten schon seit längererer Zeit ganz gespannt auf Brunos Rückkunft gewartet, um von den astronomischen Neuigkeiten aus seiner "Buchhandels-Universität" zu erfahren. Bruno jedoch, der sich auf seinem vertrauten Ast gegenüber dem Eingang zu seiner Wohnung niedergelassen hatte, stellte die Federohren bedenklich auf "Sturm", schüttelte sein Gefieder tüchtig aus, als wollte er unerwünschte Besucher vertreiben, "klimperte" energisch mit den Augendeckeln und vertröstete die Drei auf später. Er sei arg gestresst vom Lernen und dem vielen neuen Wissen, das heute auf ihn eingestürmt wäre. Aus diesem verständlichen Grunde müsse er unbedingt erst ein gutes Stündchen schlafen. Heute Nacht, wenn sie alle von der Jagd zurück wären und ordentlich gefuttert hätten, würde er sich gern mit ihnen zusammensetzen und berichten. Und schon war Bruno sanft entschlummert.

In der Nacht löste er dann sein Versprechen ein. Es war eine klare und stimmungsvolle Nacht. Der Vollmond übergoss die Wipfel der Bäume und die Felswand mit seinem bleichen Silberlicht. Kein Lüftchen strich durch den Wald. Mit einem einleitenden tiefen "Uhuuuh" unterbrach Bruno die feierliche Stille, die über allem lag, und begann von seinen astronomischen Lektionen von heute und dem Interview mit dem Zeitungsmenschen zu erzählen. Seine drei neugierigen Zuhörer saßen auf dem Sims vor der Höhle und er, Bruno, auf seinem Lieblingsplatz.

Sein Bericht gestaltete sich für ihn – womit er allerdings gerechnet hatte – ungemein schwierig. Immer wieder musste er mit dem Problem, sich verständlich zu machen, kämpfen, nämlich die kompliziertesten astronomischen Zusammenhänge zum Beispiel in die Sprache der Uhus übersetzen. Und die war im Vergleich zur Sprache der Menschen regelrecht armselig. Für die meisten Begriffe, die Bruno seinen Leuten verklaren musste, gab es in der Uhu-Sprache keine Übersetzung. Das wird jedermann sofort einleuchten, wenn er sich vergegenwärtigt, dass die Uhu-Sprache meist nur aus einsilbigen, höchstens zweisilbigen Elementen besteht. Und die wiederum bestehen nur aus den mehr oder weniger kurz "abgehackt" oder lang gedehnt gesprochenen Vokalen "u", "o", "i", "ä" und den Konsonanten "h", "b" und "j". Wichtig sind dann bloß noch die Tonhöhe und die mehr oder weniger markanten Krächzer dazwischen. Fertig, mehr nicht! Wie sollte Bruno da also allein das Wort "Lichtgeschwindigkeit" übersetzen? Er war daher oft gezwungen, das was er erzählen und erklären wollte, in hohem Maße vereinfacht zu umschreiben oder am Besten komplett wegzulassen. Und das Ganze hörte sich dann – vor allem in dieser nächtlichen Stille und verglichen mit einer richtigen Sprache – eher wie Gejaule an, für die Kommunikation unter normalen Uhus jedoch völlig ausreichend. Bruno aber war heilfroh, dass sich Regina diese "Symphonie in Uhu" nicht anhören musste. Obwohl: Als verständnisvoller und toleranter Mensch würde sie ihn womöglich – und das mit Recht – rügen und darauf hinweisen, dass er sich der "Sippe" der

Uhus nicht zu schämen brauche, nur weil *er* ein Auser-
wählter sei und jene primitiv. Das wären ja recht menschliche Charaktereigenschaften. Dünkelhaft nenne man solches Denken im Kreise der Menschen.

Brunos Auditorium war sich dessen freilich nicht im
Geringsten bewusst. Die Drei, die ihm trotzdem gespannt
lauschten, verstanden nur einen Bruchteil von allem, doch
das reichte völlig aus, um sie vor lauter Bewunderung vor
ihrem – sicher bald berühmten – Mann-Bruder-Schwager
Bruno dahinschmelzen zu lassen.

Als Bruno mit seinem Bericht am Ende war, verabschiedeten sich Udo und Fine, erfüllt von mehr wirren
Gedanken als begriffenem Wissen, mit einem dankbaren
"Uhuuuh" und flogen nach Hause. Seine Mine hatte vor
lauter geistiger Schwerstarbeit tüchtig Hunger bekommen.
Und lautlos machte sie sich davon, auf die Suche nach jenem netten, appetitlichen Eichhörnchen, das ihr gestern
Abend entwischt war (Anmerkung des Autors: Und ihr
auch heute hoffentlich wieder entwischen würde!). Bruno
hatte sich inzwischen auf seinem Ast festgekrallt und war
im Nu wieder in tiefen Schlaf gefallen. Morgen musste er
ja topfit sein! Der Vollmond verkroch sich hinter den
Fichten und Tannen und tauchte Bruno in dunkles Däm-
merlicht. Nur auf den obersten Rand der Felswand zau-
berte er noch eine letzte silberhelle Lichtkante. Kurz drauf
kam Mine schon wieder zurück, eine "süße" Maus in den
Fängen. Das Eichhörnchen hatte sie nicht einmal gesehen.
Es durfte sich weiterhin seines Lebens freuen. Wenn Uhus
da auch anderer Meinung sind – verständlicherweise.

Schon zu ganz früher Stunde am nächsten Morgen regnete es. Bruno schlug die Augen auf, nahm den Regen mit Gleichmut zur Kenntnis und schüttelte die Tropfen aus seinem Federkleid. Da meldete sich auch bei ihm der Hunger. Schließlich hatte er lange nichts Essbares mehr zu sich genommen. Also, was gab's da noch groß zu überlegen? Er breitete die Schwingen aus und schon war er im Wald verschwunden. Unterwegs traf er rein zufällig seine Mine, die doch tatsächlich schon wieder auf Beute aus war. 'Ein gefräßiges Weib', dachte Bruno, obwohl er eigentlich einsehen sollte, dass sie um einiges größer war als er – was bei Uhus so Usus ist – und vielleicht schon deshalb mehr Futter brauchte. Trotzdem konnte er's gelegentlich nicht lassen, Mines in seinen Augen übermäßige Freßlust zu beklagen. Was natürlich auch sie immer wieder prompt veranlasste, ihre größeren Körpermaße als gewichtiges Argument für ihren ständigen Hunger ins Feld zu führen. Und Bruno blieb dann nichts weiter übrig, als den einsichtigen Gatten zu mimen und ansonsten sich auf seine eigenen Interessen zu konzentrieren. Und die lagen mittlerweile bekanntlich auf dem Gebiet der Astronomie und nicht auf dem der Nahrungsmengen-Forschung für die Spezies Uhu.

Als Bruno sein auch nicht gerade bescheidenes Frühstück hinter sich hatte (geistige Schwerstarbeit zehrt nun mal an den Kalorien ...!), nahm er wieder auf seinem geliebten Ast Platz, um ungestört seinen Gedanken nachzuhängen. Von kurzen Umwegen abgesehen, drehten die sich bald wieder – wie konnte es anders sein? – um die ominöse Lichtgeschwindigkeit und ihre Auswirkungen auf die interstellare Raumfahrt (die Raumfahrt außerhalb unseres Sonnensystems), womit sich die Menschen ja auch schon eine halbe Ewigkeit beschäftigten. Die Menschen konnten zwar schon, wie er inzwischen wusste, auf den Mond fliegen, aber bei im Durchschnitt 384 000 Kilometern Entfernung von der Erde ist das ja auch ein Klax! Ein Klax im Vergleich zum Adlernebel! Die 7 000 Lichtjahre bis dorthin waren auch für sie noch nicht zu überwinden. Da steckten sie bis jetzt noch genauso tief in der Theorie wie er, Bruno, der Uhu. Unter den Astrophysikern und Kosmologen bei den Menschen befanden sich sogar nicht wenige, welche die interstellare Raumfahrt, die Raumfahrt ganz weit hinaus ins Universum, praktisch für unlösbar hielten. Also, da war der Uhu schon aus anderem Holz geschnitzt! An Aufgabe seiner – zwar noch recht diffusen – Pläne dachte der nicht im Traum! Er war noch immer fest davon überzeugt, dass er den "großen Sprung" ins All schaffen würde. Aber wie, das wusste auch er noch nicht. Grundsätzlich gab es für ihn nur eine Erkenntnis: Die Lichtgeschwindigkeit war zu langsam – auf jeden Fall!

***

Mit dieser Überzeugung, die ihm allerdings auch keine Hilfe war, flog er wieder ins Atelier unterm Dach der Buchhandlung am Markt, um gemeinsam mit Regina die astronomischen Studien fortzusetzen. Mit Hilfe des Epis-

58

kops projizierten sie Seite um Seite aus dem schlauen Buch, lasen die hoch interessanten Texte, versorgten sich endlich auch mit den astronomischen Grundkenntnissen und bestaunten die beeindruckenden Bilder nach Fotos vom Hubble-Weltraum-Teleskop und verschiedenen Teleskopen auf der Erde, zum Beispiel in Chile, wo auf den Bergen die für solche Beobachtungen und Fotos erforderliche glasklare Atmosphäre zu finden ist.

Nun wussten die Beiden auch, was beim Adlernebel der Zusatz "M 16" bedeutet. "M" steht für *M*essier, den französischen Astronomen Charles Messier, der von 1730 bis 1817 gelebt hat. Von ihm stammt der Messier-Katalog, in dem über hundert von ihm entdeckte kosmische Nebel und Sternhaufen enthalten sind, nummeriert in der Chronologie ihrer Entdeckung.

Auch was eine "AE" ist, wussten sie jetzt: eine *A*stronomische *E*inheit. Diese Maßeinheit entspricht der Entfernung Erde-Sonne. Und das sind rund 150 Millionen Kilometer. Die "AE" ist, könnte man fast sagen, der "kleine Bruder" des Lichtjahrs. Dieser Vergleich hinkt allerdings ganz gewaltig und ist eher ein astronomischer Witz, denn was sind schon 150 Millionen Kilometer, verglichen mit den rund 9,5 Billionen Kilometern, die ein Lichtjahr hat!

Wie dem auch sei: In ihrem astronomischen Wissensmosaik fügten Regina und Bruno Steinchen an Steinchen. Doch bald gelangten sie zu einer elementaren und, wenn sie es pessimistisch betrachteten, fast deprimierenden Erkenntnis: Je mehr sie über die Astronomie lernten, umso mehr wurde ihnen bewußt, über wie wenig Wissen sie eigentlich verfügten. Dies galt jedoch nicht nur für dieses spezielle Wissensgebiet, sondern grundsätzlich und betraf die – schon von Berufes wegen belesene – Buchhändlerin viel mehr als, Bruno, den Uhu. Der war schließlich "nur" ein Vogel und schon von Natur aus in keiner Weise verpflichtet, auch nur eine Winzigkeit an Bildung zu besitzen und erst recht nicht auf einem Gebiet wie dem der Astronomie! Auf dem kennen sich ja die meisten Menschen nicht sonderlich gut aus.

Dass in diese Gedanken Reginas Telefon rücksichtslos – wenn auch melodisch – hineinläutete, war weder Regina noch Bruno arg unangenehm. Eine Unterbrechung ihrer "Wissensakrobatik mit philosophischen Schlussfolgerungen" war ihnen, im Gegenteil, gerade recht. Regina wurde unten in der Buchhandlung gebraucht. Und Bruno flog ein wenig im Atelier hin und her, das für einige bescheidene Flügelschläge geräumig genug war. Dieser körperliche "Ausgleichssport" bekam Bruno sehr gut nach dem langen Sitzen beim Episkop. "Was heißt hier *Sitzen?*", wird der "pingelige" Vogelkundler an dieser Stelle unweigerlich einwenden, "ein Vogel kann nicht sitzen, der kann nur stehen!"

Schließlich landete er auf einer Staffelei, schüttelte das Gefieder aus und brachte mit seinem Krummschnabel ein paar zerzauste Federn in Ordnung. Vor lauter Astronomie hatte er die naturbedingten Uhu-Manieren also noch nicht vergessen. Nach dem "Entzausen" der Federn wollte er eigentlich mit geschlossenen Augen eine Weile ausruhen. Aber unmöglich: Die Lichtgeschwindigkeit spukte immer wieder in seinem Kopf herum! Wie könnte er es bloß anstellen, eine noch größere Geschwindigkeit zu erreichen, noch schneller zu sein als unvorstellbare 300 000 Sekunden-Kilometer? Er wollte diesen Gedanken gerade als undurchführbares, wahnwitziges Unterfangen streichen, als ihm eine verrückte Idee kam.

Wie wäre es denn, wenn es ihm gelänge, mit seinen *Gedanken* zu fliegen, gewissermaßen mit Gedankengeschwindigkeit. Das wäre doch *die* Lösung!! Gedanken, so war er überzeugt, wären auf jeden Fall schneller als Licht. Wenn er ein Foto vom Adlernebel betrachtete, war er ja in Gedanken, in seiner Vorstellung, schon dort, aber auch gleichzeitig noch hier im Raum. Diese Geschwindigkeit kannte also überhaupt keine Verzögerung! Bruno war von der Idee fasziniert! Ob sie praktikabel wäre? Auf die Gefahr hin, dass es schief gehen könnte: Er musste einen Versuch riskieren. Vielleicht erst einmal im Nahbereich, gleich hier im Atelier. Was für ein Ziel sollte er anvisieren? Die Lehne des Stuhls am anderen Ende des Raumes? Ja, das war's! Da wollte er hin!

Bruno schloss seine Augen, um sich zu konzentrieren und seine Gedanken einzig und allein auf den Stuhl da hinten auszurichten. Dann dachte er nur noch: 'Da will ich hin!' Und was geschah? Nichts? Ja, was war das denn? Bruno konnte es nicht fassen! Er saß dort hinten auf der Stuhllehne! Aber hier auf der Staffelei saß er auch! Wie konnte das denn geschehen?? Doch bevor er diese Frage fertigdenken konnte, saß er nur noch auf der Stuhllehne und blickte längs durch den Raum zurück zur Staffelei.

Und – die war leer! Der Befehl, den er sich gegeben hatte, war sicher nicht perfekt genug. Er hätte sich befehlen müssen, dass er nur dort und nicht mehr hier sein wolle.

Beim nächsten Versuch konzentrierte er sich voll auf diesen Befehl und – es funktionierte hervorragend! Er saß wieder auf der Staffelei, wo er auch hin wollte – und *nur dort*. Die reinste Hexerei spielte sich da ab! Bruno war innerlich so aufgewühlt von seiner heroischen Idee, wie nur ein Uhu sein kann, der fähig ist, solche Ideen zu produzieren ...

Der Uhu konnte es kaum erwarten, dass die Buchhändlerin wieder zurückkam. Und als sie schließlich den Raum betrat, sprudelte es förmlich aus ihm heraus: "Regina, ich habe *die* Lösung gefunden!" "Was für eine Lösung? Und wofür?" Regina verstand im Augenblick kein Wort, sie war in Gedanken noch unten im Laden. Als Bruno aber das Stichwort "Lichtgeschwindigkeit" nannte, hatte sie begriffen – meinte sie. Denn was jetzt auf sie zukam, davon hatte sie natürlich nicht die leiseste Ahnung.

Bruno bat sie, ihren Blick konzentriert auf ihn auf die Staffelei zu richten. Regina tat wie geheißen. Und plötzlich war der Uhu weg. "Na gut", sagte sie, "das kenne ich ja. Dass Sie sich unsichtbar machen können, weiß ich ja." Da hörte sie auf einmal Brunos Stimme vom anderen Ende des Ateliers her. Ja, so etwas! Da saß der Uhu auf der Stuhllehne! Regina war baff! Und im nächsten Moment war er von der Stuhllehne verschwunden und saß wieder auf der Staffelei.

"Nun", Bruno war neugierig auf ihren Kommentar,

"was halten Sie davon?" Sie zeigte sich tief beeindruckt: "Ganz toll! Und wie schaffen Sie das?" Bruno erklärte ihr voller Stolz, wie er darauf gekommen ist und wie's geht. Dann meinte er noch, er müsse dem "Kind" wohl auch einen Namen geben. In Anlehnung an den Quantensprung des berühmten Physikers Max Planck würde er vorschlagen, diesen Vorgang zur verzögerungsfreien Ortsveränderung *Gedankensprung* zu nennen. Diesen selbst für einen Ausnahme-Uhu nicht unbedingt typischen Geistesblitz quittierte Regina mit einem beifälligen Lächeln und einem anerkennenden Augenaufschlag. Doch gleich darauf wiegte sie den Kopf hin und her, kräuselte ein wenig die Lippen und meinte: "Mein lieber Bruno, ich will auf keinen Fall Ihre Leistung schmälern. Aber mir fällt da gerade ein, dass ich mal in einem Science-Fiction-Roman, früher nannte man das Zukunftsroman, über das *Beamen* gelesen habe. Das Wort kommt aus dem Englischen und wird wie *bihmen* ausgesprochen. Man bezeichnet damit den Vorgang, bei dem man jemanden oder etwas sich bis zur Unsichtbarkeit auflösen und an einem anderen Ort wieder Gestalt annehmen lässt." "Na wunderbar", reagierte Bruno völlig gelassen, "ihr Menschen habt doch einen Spruch, der dazu auffordert, alles positiv zu sehen. Wenn ich mich dem anschließe, so ist die Beschreibung eines Vorgangs in einem Roman für mich noch längst kein Beweis dafür, dass dieser Vorgang auch im wirklichen Leben erfolgreich funktioniert. Was ich von dem von mir entwickelten *Gedankensprung* aber mit Fug und Recht behaupten kann. Der funktioniert wirklich! Also, keine

Sorge, Regina. Das *Beamen* betrachte ich nicht als Konkurrenz zu meinem *Gedankensprung*, keineswegs."

Da konnte Regina nur noch staunen, zu welch souveränen Reaktionen und Schlussfolgerungen dieser Vogel fähig war! Und aufmerksam hörte sie nun zu, was Bruno ihr noch zu sagen hatte. Er mochte sich zwar noch nicht im Einzelnen über seine Zukunftspläne auslassen, zumal er nicht wisse, ob alles so problemlos sein würde, wie er sich das vorstelle. Er müsse erst noch weitere Versuche durchführen, um herauszufinden, ob seine Pläne zu realisieren seien. Sobald er so weit wäre, würde sie es als Erste erfahren. Allerdings müsse sie wahrscheinlich auch mit einigen Überraschungen rechnen. Na, da war Regina aber mal gespannt!

Für heute wurde das Thema *Gedankensprung* ad acta gelegt. Bruno hatte alles fein säuberlich auf seiner – wie die Mediziner sagen würden – *zerebralen* Festplatte im Kopf gespeichert und konnte sich nun weiteren Mosaiksteinchen zur Ergänzung seiner astronomischen Kenntnisse zuwenden, natürlich wie immer gemeinsam mit der gleichermaßen interessierten Buchhändlerin. Also zogen sich die Beiden wieder in ihr Studierzimmer zurück. Regina schaltete das Episkop ein.

Gerade als sie die nächste Seite in dem Buch über Astronomie aufschlagen wollte, fragte Bruno: "Steht da eigentlich auch etwas über das Hubble-Teleskop drin?" "Aber mit Sicherheit", antwortete Regina, während sie im Inhaltsverzeichnis nachschaute. "Jawohl, da steht einiges drin, Seite 233", und sie begann zu blättern. Plötzlich sagte sie: "Oh, hier steht auch etwas Interessantes: die 'ISS', abgekürzt für das englische '*I*nternational *S*pace *S*tation'. Auf Deutsch heißt das Internationale Raumstation. Das werden wir uns anschließend noch anschauen, erst einmal kommt das Hubble-Weltraumteleskop dran." Regina war gleich so weit, hatte die Seite mit einem Bild des Teleskops und entsprechendem Text aufgeschlagen und projizierte sie auf die Wand. Sie erfuhren nun eine Menge über dieses außerordentlich leistungsstarke Teleskop, unter anderem, dass es schon seit 1990 in ungefähr 600 Kilometern Höhe die Erde umkreist, dass es über 13 Meter lang ist, der Hauptspiegel aus Glaskeramik besteht und einen Durchmesser von 2,4 Metern hat. Außerdem sei das HST (*H*ubble *S*pace *T*elscope) mit Kameras ausgerüstet, die durch das gewaltige Spiegelsystem mit einer Brennweite von 57,6 Metern viel tiefer ins All hineinblicken und Bilder von viel lichtschwächeren Objekten liefern kann als die größten Teleskope der Erde. Die wären allein schon wegen der störenden Atmosphäre dazu nicht in der Lage.

Das war ja alles hochinteressant! Aber jetzt wurde es fast noch interessanter. Denn jetzt kam die ISS, die Internationale Raumstation, an die Reihe – in dem Buch als Modell abgebildet und ausführlich beschrieben. Mit ihren 108 Metern Spannweite, 80 Metern Länge und einem Innenraum von rund 1 200 Kubikmetern, aufgeteilt in sechs Forschungslabors und zwei Wohneinheiten soll sie die größte je gebaute Raumstation werden und so eine Art Vorposten der Menschheit im All sein. Energiequelle für die ISS sei das Licht der Sonne, das die so genannten

Sonnenpaddel – mit insgesamt 4 500 Quadratmetern nach kompletter Fertigstellung der Station im Jahre 2003 – in Energie umwandeln. Die ISS umkreise die Erde in einem Abstand von rund 450 Kilometern. Und das solle sie mindestens zehn bis fünfzehn Jahre lang tun.

Dieses größte Projekt der Menschheit würde allerdings auch mindestens 100 Milliarden Dollar verschlingen, welche die vierzehn Bauherren, sprich Länder, aufbringen müssten. Die Initiatoren und Bauherren würden freilich mit einem Vielfachen an Gewinn rechnen, zumal dieses riesige Forschungszentrum außerhalb der Erdatmosphäre völlig neue Möglichkeiten und Perspektiven für Wissenschaft und Technik eröffnete. Die Astrophysiker und Kosmologen zum Beispiel erhofften sich eine Antwort auf die Frage nach der Entstehung des Universums. Das, was man heute schon darüber wisse, sei ja wohl noch sehr unvollkommen.

Bruno war ungeheuer beeindruckt von der Materie. Sein Gehirn hatte schlicht Schwerstarbeit zu leisten, um die komplexen Informationen zu sichten und zu speichern. Aber ein absolutes Ausnahmeexemplar der Tierwelt, wie er eins darstellte, schaffte das schon! Und nach kurzer Zeit war er schon wieder aufnahmefähig für neue Informationen. Sein Wissensdurst war ja noch längst nicht am Ende. Und, ganz nebenbei, der von Regina auch nicht!

"Was mir gerade einfällt und wir bisher nur flüchtig gestreift haben, ist die *Sonne*", stellte Bruno fest, "könnte ich über die Sonne vielleicht noch Näheres erfahren?"

"Kein Problem", sagte Regina. Und schon hatte sie das

Kapitel "Sonne" in dem Buch gefunden und auf die Wand projiziert. Bei einem so wichtigen Thema, schließlich ist die Sonne Quell und Spender allen Lebens auf der Erde, mussten freilich gleich mehrere Seiten voller Wissen verarbeitet werden. Das galt vor allem für den Uhu. Regina konnte sich da im Wesentlichen aufs Überfliegen des Textes beschränken, weil sie ja über die Sonne schon recht gut im Bilde war.

Was Bruno am meisten faszinierte, war der letzte Abschnitt über die Sonne, nämlich ihr Ende in ungefähr fünf bis sieben Milliarden Jahren. Der Uhu konnte sich solch eine enorme Zeitspanne natürlich nicht vorstellen. Aber Regina beruhigte ihn gleich, denn es wäre auch überhaupt nicht nötig, sich über fünf oder sieben Milliarden Jahre Gedanken zu machen, ganz abgesehen davon, dass dies nach ihrer Überzeugung sowieso keine endgültigen Zahlen wären. Völlig unnütz wäre es, meinte sie, sich darüber ernsthaft Gedanken zu machen. Weder er noch sie brauchten angesichts einer so langen Zeit den Wecker zu stellen, um den Weltuntergang nicht zu verpassen. Regina konnte sich das Lachen nicht verkneifen, als sie feststellen musste, dass ihr mit dem Wecker ganz ungewollt ein "niedlicher" Witz gelungen war.

Doch zurück zum Weltuntergang! Die Art und Weise, wie der vonstatten gehen würde – das war es, was Bruno so beeindruckte. Das konnte er sich fast bildlich vorstellen, wie sich die Sonne am Ende ihres Lebens von jetzt 1,4 Millionen Kilometern Durchmesser zu einem "Roten Riesen", wie die Astronomen sagen, mit 150 Millionen

Kilometern Durchmesser aufblähen und unsere Erde zu einem kümmerlichen Schlackeklumpen verbrennen würde.

"Ein klägliches Ende, nicht wahr?", meinte Regina, "aus diesem Grunde gibt es auch seit Jahren schon Überlegungen, ob die Menschen nicht rechtzeitg vorher die Erde verlassen sollten." "Und wohin?", fragte Bruno. "Auf den Mars", antwortete Regina, "wenn's nach manchem Kosmologen ginge, müsste die ganze Menschheit auf den Mars umgesiedelt werden, nachdem man da oben natürlich erst mal eine menschentaugliche Atmosphäre 'aufgebaut' und was nicht sonst noch alles an notwendigen Voraussetzungen geschaffen hat. Ich halte das alles für Fantasterei! Und selbst, wenn es möglich wäre, wer sollte es dann finanzieren? Gibt's denn so viel Geld auf der Welt überhaupt? Auf der anderen Seite habe ich da mal – ich weiß nicht mehr, wo – gelesen, man könnte so ein Unternehmen ohne weiteres finanzieren, wenn man nur die vielen Kriege auf der Welt verböte und die Gelder, die dafür nötig sind, für das Unternehmen 'Mars' einsetzte. Nun, das ist ja leider Gottes ebenso utopisch, wie die ganze Menschheit auf den Mars zu verfrachten. Trotzdem, interessant wär's ja schon. Wenn ich mir vorstelle, ich säße in paar Milliarden Jahren auf dem Mars vor meinem 'süßen' Eigenheim – im Bikini natürlich, weil's inzwischen auf dem Mars so schön heiß geworden ist – und könnte aus der beruhigenden Entfernung von rund 80 Millionen Kilometern in aller Ruhe verfolgen, wie die am Ende ihres Lebens 'größenwahnsinnig' gewordene Sonne die Erde verbrennt – ha, wäre das nicht ein geradezu ungeheuerliches

Spektakel?"

Ganz bewegt hatte der Uhu zugehört und krampfhaft versucht, sich dieses von der Buchhändlerin entworfene grauslig-schöne Bild vom Ende unserer Welt vorzustellen. Seine Bemühungen waren offenbar nicht allzu erfolgreich, denn sie endeten mit einem aufgeregten Zucken seiner Federohren und dem abermals missglückten Versuch, sein Gesicht zu einem beifälligen Lächeln zu verziehen.

Mit einer Frage kehrte Bruno zur Realität zurück: "War denn schon jemand auf dem Mars, um zu prüfen, wie es da wirklich ist?" "Ja, natürlich kein Mensch, bisher nur eine unbemannte Raumsonde, zum Beispiel die Raumsonde "Mars Pathfinder". Das zweite Wort kommt aus dem Englischen und heißt Pfadfinder. Diese Raumsonde hatte auf dem Roten Planeten, wie der Mars wegen seines farblichen Aussehens auch genannt wird, ein Fahrzeug namens Sojourner ausgesetzt. Und der Sojourner ist dann, von der Erde aus gesteuert, umher gefahren und hat 16 500 Aufnahmen unter anderem von der Bodenstruktur seiner Umgebung zur Erde gefunkt. Vielleicht hat er auch noch mehr dort oben 'getrieben', ich weiß das heute nicht mehr so genau. Aber, hochgestecktes Ziel der Wissenschaftler ist es nach wie vor, Menschen zum Mars fliegen zu lassen." "Ich will mich zwar nicht in die Probleme der Menschen einmischen – wie könnte das ein Uhu auch –, aber wenn Sie *mich* fragen", erklärte Bruno, "kann ein Mensch vor Ort doch viel besser feststellen, ob es sich lohnt, da hinauf zu fliegen und dort zu leben, als eine Maschine wie jener Sojourner dazu in der Lage ist. Oder?

Also, ich glaube, ich werde dem Mars mal einen Besuch abstatten!" Die Buchhändlerin lachte und schnitt ein ungläubiges Gesicht. Bruno jedoch sagte darauf nur: "Abwarten!" Und auch er lachte – auf Uhuart, versteht sich.

Damit beschlossen die Beiden, für diesen Tag Schluss zu machen mit der Astronomie. Sie waren sich einig, eine Pause bis morgen verdient zu haben. Die Heimkehr des Uhus auf seinen Lieblingsast lief diesmal jedoch anders ab als bisher, ohne Einsatz seiner Schwingen. Er musste doch unbedingt ausprobieren, ob er es denn nicht auch per *Gedankensprung* nach Hause schaffte.

Regina war natürlich ebenso gespannt, ob diese Methode der Fortbewegung auch über eine größere Entfernung von Erfolg gekrönt wäre. Sie ließ keinen Blick von Bruno. Der saß jetzt mit geschlossenen Augen da und konzentrierte sich auf seinen heimatlichen Ast. Nur wenige Sekunden vergingen und Bruno hatte sich in Luft aufgelöst. War er auch wirklich weg oder nur unsichtbar und noch hier? Die Buchhändlerin musste sich vergewissern. "Bruno?", rief sie, "sind Sie noch da?" Es kam keine Antwort. Der Test schien wohl gelungen zu sein.

***

Und der Test *war* gelungen, perfekt sogar. So perfekt, dass Brunos Frau Hermine vor Schreck fast vom Ast gekippt wäre. Sie war gerade dabei, sich emsig der Gefiederpflege hinzugeben. Bei dieser Tätigkeit konnte sie immer so schön in aller Ruhe über dieses und jenes nach-

denken, wobei es sich meist um fette Beute handelte einschließlich wo und wie diese am Besten zu erwischen wäre. Da hörte sie doch plötzlich ein leises "Hallo!" neben
sich. Wer grüßte schon mit "Hallo!"? Es war natürlich
ihr Bruno. Aber den hatte sie überhaupt nicht kommen hören. Der saß auf einmal neben ihr.

"Also, ich versteh das nicht. Ich hab doch wirklich
ein sehr feines Gehör und hätte dich auf jeden Fall kommen hören müssen. Wenn unsereiner beim Fliegen auch
kaum ein Geräusch von sich gibt. Wie hast du's bloß geschafft, mich so zu erschrecken?" "Ja, weißt du, Mine,
das ist eine ganz neue Masche von mir. Wahrscheinlich
liegt es wieder an den Genen, die ich von meinem 'alten
Herrn' geerbt habe. Es kann sogar sein, dass irgendwann
einmal Gene von einem Magier dazwischen geraten sind.
Ich weiß es beim besten Willen nicht. Aber wie dem auch
sei: Ich bin von der Buchhandlung in der Stadt hierher
überhaupt nicht geflogen. Ich habe mich mittels *Gedankensprung* ohne jede Verzögerung hierher versetzt. Verstehst du?" "Nein!", Mine war ehrlich, hatte kein Wort
verstanden. So sah Bruno keinen anderen Weg, als ihr den
Gedankensprung praktisch vorzuführen. Er forderte sie
auf, ihn ab sofort nicht aus den Augen zu lassen. Zu diesem Zweck rückte sie aber ein bisschen weiter von ihm
weg, damit sie ihn – wegen des Handicaps der walzenför-
migen Augen – besser sehen konnte. Als er sich plötzlich
in Luft auflöste und zur gleichen Zeit drüben vom Eingang
zur Wohnhöhle "hallo!" herüber rief, war's das zweite
Mal innerhalb weniger Minuten, dass Mine vor Schreck

fast vom Ast gekippt wäre. "Na, das ist ja ein Ding!", staunte sie. "Warte nur ab, Mine", versicherte Bruno, "das von eben, das war noch gar nichts, du wirst noch viel mehr staunen. Der Udo und seine Fine auch. Und ganz besonders Regina Wagner, die Buchhändlerin. Ach, was sage ich! Wenn alles so klappt, wie ich's vorhabe, dann wird die ganze Welt aus dem Staunen nicht herauskommen!" Mehr wollte er nicht verraten. Seine Frau wollte es auch gar nicht wissen. Sie hatte inzwischen festgestellt, dass der Abend dämmerte und eine "verfressene Uhudame" (wie Bruno sagen würde), dann Anderes zu tun hat, als nach Dingen zu fragen, die sie sowieso nicht versteht. Für sie war jetzt absolut vordringlich, den Hunger zu stillen. Und schon war sie weg.

Bei der Gelegenheit fiel auch Bruno ein, dass er neben einem lerneifrigen Amateur-Astronomen eigentlich "von Haus aus" in erster Linie Uhu war. Und als Uhu hatte er eben in der Abenddämmerung gefälligst Hunger zu kriegen und auf Beutejagd zu fliegen. So tat er's denn seiner Mine nach und folgte ihr in den "dunklen Tann", wie der Dichter sagen würde, zumal in ihm nun doch tatsächlich auch Hungergefühle aufkamen.

***

Mit den Worten "Schauen Sie mal, Bruno!" hielt ihm die Buchhändlerin am nächsten Tag die "Stadtnachrichten" entgegen. In großen Lettern prangte auf der Titelseite die Überschrift: "Ein Uhu studiert in der Buchhandlung am Markt die Sterneguckerei!" "Anstatt *Sterneguckerei* hätte der Herr Redakteur freilich auch besser *Astronomie* schreiben können. Aber was soll's? Astronomie wird eh gern mit der Astro*logie,* der Stern*deuterei,* verwechselt. Horoskope lesen die Menschen ja gerne – wenn's auch nichts nützt. Ansonsten: Gegen den Bericht selber ist nichts einzuwenden." Regina las dem Uhu den Bericht vor, und Bruno war auch zufrieden damit. Nur, menschliche Eigenschaften konnte er natürlich nicht so gut kennen, um sich die Folgen dieses sensationellen Berichtes vorzustellen, vor allem in einer Kleinstadt wie dieser. In Regina hingegen kamen da schon beinahe beängstigende Vorstellungen hoch. Und siehe da, die "Lawine" fing schon an zu rollen!

Draußen vor dem Laden waren inzwischen mehrere Leute stehen geblieben. Einige tuschelten miteinander: "Haben Sie schon gelesen ...?" Wieder kamen welche hinzu. Manche gingen weiter, hatten den Artikel sicher nicht gelesen. Andere wussten auch von nichts, waren aber neugierig, fragten, was denn hier los sei, bekamen Antwort und blieben stehen. Folglich kein Wunder, dass sich recht bald ein beachtlicher Menschenauflauf gebildet hatte. Und alle starrten durch die Schaufenster in den Laden. Wären da nicht die Tische gewesen, so hätten sich ein paar besonders Neugierige mit Sicherheit die Nasen an den Fensterscheiben platt gedrückt.

Jedenfalls dauerte es eine ganze Weile, bis sich endlich eine ältere Dame ein Herz fasste, den Laden betrat und eine Verkäuferin fragte, wo denn nun der Wunderuhu sei und ob man den nicht mal sehen könne. "Das weiß ich nicht", sagte die Verkäuferin, "aber warten Sie bitte einen Augenblick, ich spreche mit der Chefin." Sie verschwand im Büro und telefonierte mit der Buchhändlerin, die sich mit dem Uhu im Atelier aufhielt.

"Tja, Bruno", erklärte Regina dem Uhu, "Sie werden sich das bestimmt nicht vorstellen können: Der Zeitungsbericht hat eine Lawine ausgelöst." "Eine was ausgelöst?" "Eine Lawine neugieriger Leute. Kurzum, im Laden und vor dem Laden hat sich eine Menschenmenge versammelt, die den 'Wunderuhu' besichtigen möchte. Ich muss jetzt hinunter zu den Leuten, da sind ja sicher auch gute Kunden darunter und andere könnten es werden. Ich wäre Ihnen daher dankbar, wenn Sie einverstanden wären, mitzukommen und sich dem Volke zu zeigen." Bruno hatte keine Bedenken, im Beisein seiner "Freundin" Regina sowieso nicht. Also holte Regina die lederne Arm-Manschette zum Schutz gegen die scharfen Uhukrallen. Und mit Bruno auf dem Arm eilte sie nun zum Laden hinunter. Der Uhu hatte sich absichtlich unsichtbar gemacht, damit die "Vorstellung" ein bisschen spannender würde.

Als die Buchhändlerin den Laden betrat, machte erst einmal ein enttäuschtes "Och!" die Runde, weil der Uhu ganz offensichtlich nicht dabei war. Und ein kleines, vorwitziges Mädchen, das mit seiner Mutter in der Menge stand, fragte ganz direkt, wie Kinder so sind: "Hast du einen steifen Arm?" "Nein", antwortete Frau Wagner, "ich muss den Arm so hochhalten, da sitzt er nämlich drauf, Bruno Bubo, der Uhu." "Ja, wo denn?", drängte das Mädchen, "ich sehe doch gar nix!" "Abwarten, gleich wirst du ihn sehen. Aaachtung!" Bruno reagierte auf Kommando. Und schon hatte er Gestalt angenommen, saß quietschvergnügt auf Frau Wagners Arm und ließ die Augendeckel wechselseitig ganz langsam rauf und runter über seine Augen gleiten. Die Kleine lachte sich halb schief und sagte zum Uhu: "Na, du bist ja vielleicht ein lustiger Vogel!" Jetzt mussten natürlich alle lachen. Auch der Redakteur Schreiber, der von dem Menschenauflauf bei der Buchhandlung Wind bekommen und sich rasch unters Volk gemischt hatte, in der Hoffnung, noch paar gute Schnappschüsse zu erwischen. Denn die Geschichte mit dem "menschlichen" Uhu war ja nun wahrlich eine Sensation. Sein Bericht hatte die verkaufte Tagesauflage der "Stadtnachrichten" weit mehr in die Höhe getrieben, als er es erwartet hatte. Sein Chefredakteur bedauerte deshalb sehr, dass er, Schreiber, den Verlag bald verlassen würde.

Nachdem sich der "Stau" vor und in der Buchhandlung am Markt aufgelöst und zerstreut hatte, war Regina Wagner mit dieser Art von Werbung recht zufrieden. Unter den Schaulustigen waren nämlich sogar Leute gewesen, die sie vorher noch nie in ihrem Geschäft gesehen hatte. Dafür hatte der Uhu allein durch seine Anwesenheit gesorgt – ohne ein Wort zu sprechen. Die Menschen waren offensichtlich derart beeindruckt, dass sie überhaupt nicht auf die Idee kamen, den Uhu anzusprechen, um sich davon zu überzeugen, ob dieser Vogel wirklich sprechen kann. Und dann auch noch Deutsch, wie in den "Stadtnachrichten" zu lesen war.

Der Buchhändlerin konnte es jedenfalls nur recht sein, Hauptsache, "ihr" Bruno hatte den Grundstein für die Belebung des Geschäfts gelegt. In diesem Zusammenhang meinte Bruno, verknautscht grinsend, zu Regina, er hätte schon überlegt, ob er nicht eventuell doch mit einer Gagenforderung an sie herantreten sollte im Hinblick auf seine Werbewirksamkeit. Er hätte diese Überlegungen aber sehr schnell wieder fallen lassen. Denn wenn sie, Regina, ihr "Professoren-Honorar" bei ihm einfordere, würde er bestimmt nur drauflegen. Doch falls sie mal eine nicht zu magere Maus in ihrem Laden entdecken würde, möge sie ihm doch bitteschön einen Tipp geben. Er wäre dann sicher nicht abgeneigt, diese als Gage zu akzeptieren. Spätestens an dieser Stelle konnte Regina nicht anders, sie musste herzhaft lachen. Dass ein Uhu so viel Humor haben konnte ...!

***

Nach einigen Wochen seines Astronomie-"Studiums" bei Regina Wagner, der Buchhändlerin am Markt, war der Uhu Bruno Bubo der Meinung, es sei nun genug der Theorie. Er war allmählich ungeduldig und konnte es kaum noch erwarten, endlich in die Praxis einzusteigen. Regina hatte volles Verständnis dafür, war aber natürlich wahnsinnig neugierig, zu erfahren, was der Uhu im Detail unter Praxis verstand. Bisher hatte er immer nur vage Andeutungen gemacht und unter anderem Überraschungen angekündigt. So sagte sie sich, es könne ja wohl nicht schaden, noch ein bisschen nachzubohren. Vielleicht war dem Uhu doch noch Genaueres zu entlocken. Also versuchte sie es und sprach Bruno darauf an.

Der druckste herum und überlegte krampfhaft, wie er sich wohl verhalten sollte. Da Regina jedoch – wie er insgeheim zugeben musste – eigentlich der einzige Partner war, mit dem er über alles, was mit der Himmelskunde zu tun hatte, reden konnte, entschloss er sich schließlich, mehr von seinen Plänen preiszugeben, als er ursprünglich wollte. Denn vielleicht war es sogar von Vorteil, einen Menschen als Berater an der Seite zu haben. Vor allem für einen wie er – einen Uhu. Ein Mensch hat doch eine ganz andere Basis. Das geht schon mit der Schule los. Welcher Uhu geht schon zur Schule? Gar keiner! Und im Übrigen: Mit wem sollte er sonst über seine Pläne reden? Mit seiner Mine vielleicht? Oder mit Udo? Unmöglich! Er konnte hin und her überlegen, wie er wollte, am Ende blieb Regina übrig. Der musste er sich anvertrauen.

Aus diesem Grunde erfuhr Regina nun interessante Einzelheiten von Brunos Vorhaben. Sein Endziel sei zwar nach wie vor der M 16, der Adlernebel im Sternbild Schlange, vorher jedoch müsse er noch verschiedene Tests durchführen, um zu überprüfen, ob seine *Gedankensprünge* als verzögerungsfreie Ortsveränderung auch bei Distanzen funktionierten, die größer sind als von der Buchhandlung bis nach Hause zu seiner Mine. Er habe dabei die ISS als nächstes Ziel im Visier. Auch dem Mars wolle er einen Besuch abstatten, um sich selber zu überzeugen, wie's da oben auf dem Roten Planeten aussieht.

Regina wurde eine ganze Weile von Sprachlosigkeit befallen angesichts der saloppen Selbstverständlichkeit, mit der dieser Vogel seine Absichten, die Internationale Raumstation und den Mars zu besuchen, verkündete. Ob er sich wirklich alles gut überlegt und auch die enormen Gefahren, die im Weltraum lauern, einkalkuliert hatte? Ihr war da schon ein bisschen angst und bange bei dem Gedanken, Bruno könne etwas zustoßen bei seiner – doch reichlich wahnwitzigen – Unternehmung.

Der Uhu blickte Regina mit seinen großen, klaren Augen erwartungsvoll an: "Na, was halten Sie davon? Sie machen so ein nachdenkliches Gesicht?" "Ja, Bruno, was ich davon halte? Offen gestanden, Ihre Pläne geben mir tatsächlich zu denken. Was da oben alles passieren kann! Haben Sie denn gar keine Angst?" "Angst?", fragte Bruno zurück, "nein, eigentlich nicht. Warum auch? Wenn meine *Gedankensprünge* funktionieren, kann überhaupt nichts Schlimmes passieren. Sollte es die Situation bei der ISS oder auf dem Mars erfordern, so bin ich ja sofort zurück." "Und wenn irgendetwas Unvorhersehbares derart plötzlich über Sie hereinbricht, dass auch Ihre *Gedankensprünge* nichts nützen, was dann?", wollte die Buchhändlerin nun wissen. "Dann bin ich eben ein Opfer der Forschung", erklärte Bruno ungerührt, "meine Mine und der Rest der Verwandtschaft werden ja nie erfahren, warum der in ihren Augen doch recht ausgeflippte Bruno Bubo nicht mehr heim kommt. Und wenn sie es erführen, dass ich – zum Beispiel – als Eisklumpen vom Himmel gefallen wäre, würde die das auch nicht groß beschäftigen.

Ein normaler Uhu hat schließlich anderes zu tun, als sich mit Trauergedanken zu belasten. Herr Schreiber, der Lokalredakteur der 'Stadtnachrichten' allerdings würde wohl schon deswegen traurig sein, weil die für sein Blatt sehr einträgliche Uhugeschichte, mit der er bestimmt nur allzu gern in Serie gegangen wäre und sich bei seinem Chef hätte hervortun können, zu Ende ist, bevor sie richtig angefangen hat. Als einzige aufrichtig Trauernde, bin ich mir sicher, bleiben eigentlich nur Sie übrig, Regina. Aber lassen wir das! Noch lebe ich, und im Übrigen bin ich überzeugt, dass alles gut geht. Wie war das doch noch mit dem klugen Spruch vom positiven Denken?"

Die Buchhändlerin gab sich geschlagen – trotz der Bedenken, die ihr noch blieben. Und eines musste sie Bruno sowieso noch sagen: "Sprechen Sie neben Deutsch auch noch eine andere Sprache, vor allem Englisch?" "Nein", das kann ich nicht. Warum?" "Warum? Na, ist doch klar: Wenn Sie bei Ihrem Flug zur ISS dort oben Astronauten antreffen und Sie wollen sich mit denen unterhalten, so müssen Sie Englisch sprechen. Denn das sind meistens Amerikaner. Aber auch wenn's Russen sind, die müssen als Astronauten ebenfalls Englisch können." "Aha!", bemerkte Bruno trocken, "also lerne ich auf die Schnelle so viel Englisch, wie's nötig ist, um sich wenigstens einigermaßen verständlich zu machen. Ich muss ja mit diesen Leuten nicht gleich philosophieren. Aber wer bringt mir's bei?" "Ich!", sagte Regina, "ich spreche fließend englisch und werde mit Ihnen einen Crash-Kurs durchziehen. Crash-Kurs heißt so viel wie intensiv und schnell. Und da

Sie ja – selbst mit menschlichen Maßstäben gemessen – so ein Gedächtnis-Genie sind, wird das sicher kein Problem sein, höchstens bei der Aussprache."

Und Regina hatte Recht. Die Aussprache bereitete dem Uhu einige Schwierigkeiten, vor allem beim "th", das die Engländer (und Amerikaner) so schön lispeln. Aber Bruno schaffte es, wenn dabei auch seine Zungenspitze aus dem halboffenen Krummschnabel vorwitzig herausschaute. Dies in Verbindung mit dem leicht schief gezogenen fedrigen Gesichtsschleier und einem Auge mit herunter gelassener "Jalousie" bot einen lustigen Anblick, was Bruno aber völlig "Wurscht" war – Hauptsache man würde ihn verstehen.

Da es der Uhu in seiner Ungeduld sehr eilig hatte, mobilisierte er seine ganze Genialität und schon nach einigen wenigen Lektionen war er in der Lage, sich auf Englisch verständlich zu machen. Das würde ihm ganz sicher von Nutzen sein, denn wie Regina in der Zeitung gelesen hatte, hielten sich derzeit drei Astronauten, zwei Amerikaner und ein Russe, in der Internationalen Raumstation auf, um die mitgebrachten Bauteile zu montieren. Es wären ja 45 Zubringerflüge nötig, bis die Station komplett sei.

"Und wann und von wo aus wollen Sie starten?", erkundigte sich Regina. "Morgen Vormittag. Ich werde heute Abend und morgen ganz in der Frühe noch tüchtig auf Beutefang fliegen, um mir einige Reserven anzumästen. Und dann, nachdem ich's kaum noch erwarten kann, morgen Vormittag also – endgültig Abflug. Und zwar von hier, vom Atelier aus. Dabei habe ich mir gedacht, dass es am Besten sein wird, wenn Sie per Episkop das Bild aus dem Buch, wo die ISS drauf ist, projizieren. Auf diese Weise kann ich mich optimal auf mein Ziel konzentrieren und ab geht die Post, wie ihr Menschen sagen würdet." Und wie bringen Sie's Ihrer Hermine bei, was Sie vorhaben?" "Kein Problem, ich werde ihr sagen, dass ich paar Tage bei den Sternen da oben bin", dabei klappte er seinen Kopf nach hinten und blickte gen Himmel, sprich Atelierdecke. "Meine Mine wird's dann todsicher auf allerschnellstem Wege ihrer Schwester erzählen. Und so wird es dann auch mein Bruder Udo erfahren. Der wird sich daraufhin schon mal gleich auf Verdacht aufplustern vor lauter Stolz, so einen 'dollen Hecht' – so sagt ihr doch wohl? – zum Bruder zu haben."

Am nächsten Vormittag geschah alles wie abgesprochen. Die Buchhändlerin projizierte das Bild von der ISS auf die Wand. Bruno nahm seinen üblichen Platz auf der Stuhllehne beim Episkop ein und konzentrierte sich mit geschlossenen Augen auf sein Ziel. Und im nächsten Moment, Regina wollte ihm gerade noch guten Flug und eine gute Rückkehr wünschen – da war er schon in Luft aufgelöst und weg. Vorsichtshalber fragte sie: "Bruno??", aber es kam keine Antwort mehr. Er war wirklich weg!

Die Buchhändlerin fand es hinterher zwar reichlich kindisch, aber sie hatte sich doch tatsächlich dabei erwischt, wie sie das projizierte Bild von der ISS nach "ihrem" Uhu absuchte. Davon durfte sie wohl niemandem erzählen, denn da könnte doch glatt einer auf die Idee kommen, die Regina Wagner glaube immer noch an den verwunschenen Prinzen in Uhu-Verkleidung ... Das melodische Läuten ihres Telefons brachte sie schnell in die Wirklichkeit zurück. Dass sie dringend im Laden verlangt wurde, war ihr jetzt sehr willkommen.

***

Als Bruno auf der ISS landete und sich auf einem Verbindungsgestänge – oder was immer dieses lange dünne "Ding" sein sollte – festgekrallt hatte, loderte in ihm ein Gefühl des Jubels auf. Es hatte funktioniert! Eben noch auf der Stuhllehne beim Episkop und jetzt hier auf der Internationalen Raumstation, rund 400 Kilometer über dem Erdboden! Wahnsinn! Und das alles ganz schlicht und ergreifend in Gedankengeschwindigkeit, mit seinem so genannten *Gedankensprung*. Er, der Uhu Bruno Bubo, hatte zweifelsfrei den praktischen Erfolg seines *Gedankensprungs* bewiesen und damit auch den *Beamern* gezeigt, was Sache ist. Das *Beamen* war für ihn reine Theorie. Es kam ja nur in Science-Fiction-Romanen oder -Filmen vor!

Allmählich wichen die Jubelgefühle aus des Uhus Innenleben. Bruno brachte das stolz aufgeplusterte Gefieder wieder in normale Ausgangsposition und überließ sich nun ganz und gar seiner Neugier. Und die war absolut berechtigt! Allein schon der Blick auf den *Blauen Planeten* Erde! Er fand die Bezeichnung sehr treffend. Blau war die dominante Farbe, abgesehen von den weißen Punkten, Streifen und Spiralen der Wolken und den darunter sich

82

unscharf abzeichnenden Ländern. Wenn der Uhu gewusst hätte, dass die Bayern der Überzeugung sind, ihre Welt sei immer "weiß-blau", so hätte er bei diesem Anblick sein Federkleid erneut vor lauter Stolz aufgeplustert – in dem Glauben, ein bayerischer Uhu zu sein. Es wäre allerdings ein Irrglaube gewesen, denn seine heimatliche Wohnhöhle befand sich westlich des Freistaats ...! Aber Bruno wusste ja nichts von diesen Zusammenhängen und hätte jetzt auch gar keine Lust gehabt, sich mit solchen verschnörkelten Gedankengängen abzugeben.

Was Bruno ganz besonders beeindruckte, war die Atmosphäre um den Erdball herum. Diese leuchtend blau schimmernde Schicht glich einem zarten, durchsichtigen Schleier und war so hauchdünn, dass sie doch sehr zerbrechlich und verwundbar wirkte. Gerade vor ein paar Tagen hatte er von der Buchhändlerin gehört, wie wichtig die Atmosphäre für alles Leben sei, doch wie wenige Menschen sich vor Geldgier, Macht und Gedankenlosigkeit darum kümmerten. Das würde sich wohl noch bitter rächen. Erste Anzeichen wären schon zu spüren.

Nachdem Bruno den fantastischen Anblick der Erde aus dieser "luftigen" Höhe genossen hatte, wandte er sich nun seiner näheren Umgebung zu. Und da musste er sich ganz offen eingestehen, dass er ein absoluter Winzling war. Außer gewölbten Wänden, Gestängen, Trägern, Gelenkarmen, Verschraubungen, Wülsten, Simsen und sonstigen für ihn nicht identifizierbaren Bauteilen konnte er nichts weiter sehen. Ja, das Sehen! Das machte ihm überhaupt einige Schwierigkeiten. Da die Raumstation unter "ungebremster" Sonneneinstrahlung unterwegs war, umgab ihn ein derart gleißendes Licht, dass er seine Augen zwischendurch immer wieder schließen musste. Hinzu kam noch die Hitze, die alle von der Sonne beschienenen Flächen abstrahlten. Das Teil, auf dem er sich niedergelassen hatte – das schmale Gestänge –, ragte ja direkt aus einer Wand heraus, aus einer Riesenwand. Die war mindestens so groß, schätzte Bruno, wie daheim die Felswand, in der sich seine Wohnhöhle befand. Mindestens!

Wenn sich der Uhu also einen Überblick von der ISS verschaffen wollte, so müsste er sicher bis zu einem Kilometer weit wegfliegen. Ob er mal ein paar Flügelschläge riskieren sollte? Hier in der Schwerelosigkeit? Von der Buchhandlung bis hier herauf hatte er sich ja per *Gedansprung* gewissermaßen *versetzt*, also ohne seine Schwingen auch nur ein einziges Mal zu bewegen. Sollte er's wagen?

Er kam nicht dazu. Ein Geräusch ganz in seiner Nähe entband ihn von der Entscheidung, ob fliegen wagen oder nicht. Aus einer Öffnung – in Astronautenkreisen heißt so etwas *Ausstieg* – in einem rohrartigen Bauteil, *Luftschleuse* genannt, vielleicht zehn Meter von ihm weg, schob sich langsam und behutsam eine seltsam verkleidete Gestalt heraus: ein Astronaut! Eine Weile später der Zweite und dann noch ein Dritter. Für ihn, den Uhu, waren schon normale Menschen sehr groß, aber die da, in ihren aufgeplusterten Raumanzügen, das waren Riesen. Riesen, die aussahen wie Gespenster und sich auch so bewegten wie Gespenster oder wie vierarmige Kraken im Ozean. Und

alle Drei waren sie durch so eine Art Schlauch, der soge-
nannten "Nabelschnur", mit der Raumstation verbunden,
damit sie nicht auf Nimmerwiedersehen ins All abdriften
konnten. Bruno fand die Astronauten in ihrem bemerkens-
werten Habitus nicht nur geisterhaft, sondern auch recht
lustig, insbesondere wegen ihrer kugeligen Helme mit den
großen "Schaufenstern", hinter denen sich ihre Gesichter
verbargen. Je nach Lichteinfall konnte man die kaum erkennen, höchstens sich selber – als Spiegelbild.

So ging es auch dem Uhu, als ihn der eine Astronaut
entdeckt hatte und nun neugierig zu ihm heranschwebte.
Im ersten Moment war Bruno arg unschlüssig, was er tun
sollte. Vielleicht sich gleich unsichtbar machen? Nein,
noch nicht! Erst einmal versuchte er's mit dem amerikanischen Gruß "Hi!". Doch als der Riese immer bedrohlicher
näher kam, bediente sich Bruno eines klitzekleinen *Gedankensprungs* und schon saß er ein paar Meter höher
auf der Kante eines der Radiatoren, welche die Abwärme
von Mensch und Elektronik ins All abstrahlen. Hier kriegte er zwar recht heiße Füße, aber hier war er auch in Si-
herheit vor den Dreien. Denn die hingen ja an ihren "Na-
belschnüren", die aber nicht lang genug waren, um den
Uhu zu erreichen. Auch war Bruno im Übrigen sehr froh,
dass seine *Gedankensprünge* von jeder Position aus und
in jede Position so reibungslos klappten!

Die Astronauten hielten Werkzeug, oder was das sonst
war, in den Händen. Wahrscheinlich hatten sie vor, ir-
gendwelche Teile zu montieren oder eventuell schon Re-
paraturen auszuführen. Niemand und nichts ist perfekt,

auch in der Raumfahrt nicht. Hat es nicht schon manches Mal nur an einem simplen Schräubchen gelegen und der Start eines stolzen Weltraumunternehmens musste abgebrochen und auf einen späteren Zeitpunkt verschoben werden? Alles menschlich! In dem Zusammenhang wird von klugen Leuten auch immer wieder die Frage gestellt, wer wohl wen beherrscht, der Mensch die Maschine oder die ihn ...

Aber das nur nebenbei erwähnt. Die drei Astronauten jedenfalls machten auf Bruno einen sehr unentschlossenen Eindruck. Sie schwebten dicht beieinander und schienen zu beratschlagen, was nun wichtiger sei, Arbeit oder Uhu. Dabei blickten sie zwischendurch immer mal zu Bruno hinauf.

Schließlich entschieden sie sich für den Vogel, denn zwei von ihnen verschwanden in der Luftschleuse. Der Dritte wartete "vor der Tür", den Vogel im Blick. Der indessen beschäftigte sich ernsthaft mit dem Gedanken, die ISS gewissermaßen als Plattform für einen Start zum Mars zu benutzen. Zunächst jedoch war er natürlich neugierig, wie es hier weitergehen würde. Falls die Burschen ihn vielleicht auf Anweisung der Bodenstation in Texas einfangen wollten, wäre ja noch Zeit genug, urplötzlich zu "verduften". Zudem mussten die sich zu diesem Zweck erst einmal an längere "Nabelschnüre" hängen, um ihn überhaupt zu erreichen.

Wie vom Uhu vermutet, kamen die zwei Kollegen des "Türstehers" kurz darauf wieder zum Vorschein. Nicht um Bruno zu fangen, sondern um ihn zu fotografieren, damit sie der Bodenstation einen Beweis liefern konnten.

Und so war es auch. Als das Bodenpersonal, die Ingenieure und Wissenschaftler, an den Monitoren in Texas von der ISS die Mitteilung erhielten, man habe eine große Eule, vermutlich wäre es ein Uhu, gesichtet, war die erste spontane Reaktion absolute Ungläubigkeit. Wenn sie, die Crew da oben in der Station, schon einen "Vogel" hätte, so müsste es ja nicht gleich ein kompletter Uhu sein! Sie sollten sich doch – please a little bit – zusammenreißen. So lange wären sie doch noch gar nicht da oben, dass sie bereits den Weltraumkoller haben könnten.

Die beiden Astronauten, die das Ereignis gemeldet hatten, reagierten verständlicherweise sauer. Sie würden der Bodenstation in Kürze ein Foto von dem Vogel hinunter funken. Dann wäre es *ihr* Problem da unten, sich den Kopf zu zerbrechen, was eine Eule bei der ISS zu suchen hat und wie die überhaupt hier heraufgekommen ist. Vielleicht wäre das liebe Tierchen schon vor dem Start in der Kapsel versteckt worden, um sie, die Crew, auf den berühmten Arm zu nehmen oder aus welchen unerfindlichen Gründen auch immer. Sie wussten natürlich auch, dass sich ihre Meldung unglaublich anhören musste, da eine Eule unter normalen Umständen weder zur ISS heraufkommen, noch hier oben überleben kann. Wie dem auch sei, sie würden gleich den Beweis für die Existenz dieses Vogels liefern.

Doch der Uhu Bruno Bubo machte der Crew der ISS einen dicken Strich durch die Rechnung. Das Beweismittel kam nicht zu Stande, weil sich der Vogel dem beabsichtigten Foto blitzartig durch Flucht entzog. Er war nirgendwo auf und bei der Raumstation mehr auffindbar. Als die Bodenstation in Texas dies erfuhr, steckte ein für die Belange von Astronauten verantwortliches Gremium die Köpfe zusammen. Ziel der Aktion war es, zu einer Entscheidung darüber zu kommen, was mit den Dreien da draußen zu geschehen habe, ob man sie nicht vielleicht doch besser bei nächster sich bietender Gelegenheit ablösen solle, um eine medizinische Untersuchung durchzuführen. Denn alle waren sich einig in der Überzeugung, in der ISS ginge es zur Zeit nicht mit rechten Dingen zu! Es müsse also ganz schnell ein Beschluss gefasst und ausgeführt werden. Und wenn es zu einer Akte gekommen wäre, so hätte auf Englisch ganz groß *URGENT* drauf gestanden, was auf Deutsch *DRINGEND* heißt. Aber, wie's im Leben oft so geht: Es kam alles ganz anders ...

Bruno, der Uhu, hatte sich also dem fotografischen oder sonstigen Zugriff durch die Astronauten-Mannschaft der Internationalen Raumstation durch blitzartige Flucht entzogen und sich zum Roten Planeten Mars abgesetzt. Er hatte ja vorhin schon einmal daran gedacht. Zudem war es gerade erst Mittag und bei seinem – nahezu – verzögerungsfreien Ortswechsel mittels *Gedankensprung* konnte er sich eine Stippvisite auf dem Mars bequem leisten. Dabei war natürlich auch ein Hintergedanke im Spiel: Wenn er beide Ziele, ISS und Mars, an einem Tag schaffte, konnte er sich eher auf seine große Reise zum geheimnisvollen Adlernebel in der Schlange vorbereiten.

Als Bruno den Roten Planeten in rasender Geschwin-

digkeit auf sich zukommen sah, war er nur noch in der Lage, an sein vorzeitiges Ende zu denken. Er verfügte über
keinen Bremsfallschirm, würde also ungebremst aufschlagen und total zerschmettert sein! Doch dann – was war
geschehen? Er saß in einer tiefen Schlucht und lebte! Ein
Wunder? Es konnte nur ein Wunder bewirkt haben, dass
er noch lebte! Und wie froh war er, ein Eulenvogel zu
sein, der in der dämmerigen Dunkelheit, die ihn hier unten
umfing, noch ziemlich gut sehen konnte. Es war wie daheim auf der Jagd im dunklen Wald. Nur, dass hier keine
Bäume standen. Hier unten auf der Talsohle der Schlucht
lagen nur kleine und größere Brocken, wahrscheinlich aus
Sandstein, herum.

Bruno legte seinen Kopf nach hinten, um senkrecht
nach oben schauen zu können. Da, ganz hoch über ihm,
drang gleißend-helles Licht in die Schlucht herein. Dort
musste er hinauf. Hier unten konnte er ja nicht bleiben, in
dieser tristen und dunklen Umgebung. Und elend kalt war
es auch! Also nichts wie weg! Diesmal versuchte er es mit
Fliegen. Und siehe da: Es ging ohne Probleme und überhaupt tat ihm die Bewegung gut.

Oben angekommen, bot sich Bruno ein fantastisches
Panorama! Eine weite Landschaft, in sandfarbenen und
zum Teil orangen und rostroten Farbtönen, erstreckte sich
auf der einen Seite in leichten Wellen bis zum dunstigen
Horizont. Auf der anderen Seite begann es ähnlich. Dann
aber, im Mittelgrund der Szenerie, stieg das Gelände allmählich an, Hügel ragten auf und einige Berge stießen mit
ihren Gipfeln bis in den Himmel empor, der eine ähnliche

Farbe hatte wie das ganze Land. Bruno fand die Landschaft ebenso beeindruckend wie öde. Eine öde Wüstenlandschaft war das. Und hier wollten eines Tages Menschen siedeln? Also, er wolle und könne sich ja nicht in die Angelegenheiten der Menschheit einmischen. Aber wenn er's könnte, so würde er, nachdem was er bis jetzt gesehen hatte, nur dringend abraten.

Neben der Einöde herrschte hier auch noch eine Kälte, die *ihm* zwar wenig ausmachte, einem Menschen jedoch auf die Dauer, gelinde gesagt, sicher nicht gefallen würde. In der Sonne war es ja noch einigermaßen auszuhalten. Aber auch da lagen die Temperaturen selbst um die Mittagszeit – wie jetzt – und in mittleren Breiten noch bei fast -30° C. So jedenfalls wusste er es aus Reginas Astronomie-Buch. Wen wundert's? Schließlich liegt die Umlaufbahn des Roten Planeten im Schnitt fast 80 Millionen Kilometer weiter von der Sonne entfernt als die der Erde.

Auf den ersten Blick gab der Mars in Brunos Augen also ein wenig ermutigendes Bild für eine menschliche Besiedelung ab. Und für Uhus war es hier schon insofern schlecht, als es ganz offensichtlich nichts zu verspeisen gab, nicht das winzigste Mäuslein – nichts! Aber wenigstens ein bisschen umschauen in der Gegend konnte er sich ja mal. So machte er sich auf und flog eine Zeit lang im Tiefflug über die wüstenartige Landschaft. Dabei stellte er fest, dass er hier weniger Energie einsetzen musste als auf der Erde. Es flog sich einfach leichter. Das lag sicher an der geringeren Schwerkraft auf dem Mars. Anders konnte er sich dieses Phänomen nicht vorstellen.

Bruno musste seine wissenschaftlichen Spekulationen über die Wechselbeziehungen zwischen der Schwerkraft und dem Energieaufwand eines Uhus beim Fliegen auf dem Mars jäh unterbrechen. Er hatte etwas Seltsames entdeckt! Schon aus der Ferne war ihm ein Gesteinsbrocken aufgefallen, der irgendwie anders aussah als die übrigen, die da herumlagen. Außerdem sah der auch nicht nur anders aus, nein – der bewegte sich! Und wie eigenartig sich der Brocken bewegte! Was war das? Leben? Hatte ausgerechnet er, der Uhu Bruno Bubo, Leben auf dem Mars entdeckt?

Bruno landete nicht weit von dem seltsamen Gebilde entfernt auf einem Steinklotz, der aussah, als wäre er ein mit Sand bemehlter rostiger Eisenklumpen mit kupfernem Grünspan. Aber das registrierte er nur ganz flüchtig am Rande. In erster Linie galt seine gespannte Aufmersamkeit jenem Gebilde, jetzt vielleicht noch zwanzig Meter von ihm weg, das sich ganz langsam in seine Richtung bewegte.

Der Uhu hatte vor Erregung seine Federohren aufgestellt und starrte, von Neugier geplagt, auf dieses "Ding". Beim Näherkommen entwickelte es sich zu einem wahren Ungetüm, einem Ungetüm auf vielen Beinen. Es musste aus Metall sein, schätzte Bruno. Ab und zu verharrte es, um anschließend weiterzukriechen oder besser: weiterzustelzen wie eine hochbeinige Spinne. Und gerades Wegs auf ihn zu! Unaufhörlich auf ihn zu! Bruno musste auffliegen und sich einen anderen Standplatz suchen. Vorsichtshalber hielt er nun eine größere Entfernung ein, um die

Bewegungen dieses Ungetüms weiter zu beobachten. Na, das war ja interessant! Jetzt kletterte es sogar über den Klotz, auf dem er vorhin noch gesessen hatte. Das sah zwar wahnsinnig ungelenk aus, dieser dicke Brocken wurde aber von der "Spinne" am Ende doch bewältigt.

Als die "Spinne" schließlich dicht vor seiner Sitzwarte anhielt und sich nicht mehr weiterbewegte, hüpfte Bruno von dem Stein herunter und begutachtete das seltsame "Tier" von allen Seiten. Und er kam zu dem Resultat, dabei handele es sich nicht um ein Lebewesen, sondern eindeutig um einen Apparat, von Menschengeist und -hand erdacht und gebaut. Das war so ein Fahrzeug wie der *Sojourner*, den die Amerikaner vor Jahren heraufgeschickt hatten, um haufenweise Bilder von der Bodenbeschaffenheit des Roten Planeten zur Erde zu funken. Und das hier stammte bestimmt auch wieder von den Amerikanern. Den Anderen, den Russen zum Beispiel, dürfte ja wohl das Geld fehlen. Aber das war jetzt auch nebensächlich.

Wenn das "Gerät", so kam es Bruno plötzlich in den Sinn, als es sich vorhin auf ihn zu bewegte, auch Fotos von ihm gemacht hatte – na, dann würden die Gentlemen in der Bodenstation aber ganz schön ins Rotieren kommen ...! Der Uhu freute sich bei dem Gedanken daran so spitzbübisch, dass er am liebsten ein kleines Freudentänzchen aufgeführt hätte. An die für ihn eventuell zu erwartenden unangenehmen Folgen dachte er allerdings nicht. Wie sollte er auch, einer, der von Natur aus primär Uhu ist? Auch sein IQ-Sonderstatus unter den Uhus änderte daran nichts. Und im Übrigen soll es ja selbst unter den

Menschen welche geben, die in dieser Situation vor lauter Freude bei der bildlichen Vorstellung der verdutzten Gesichter jener Gentlemen an die möglichen späteren Konsequenzen nicht gedacht hätten.

***

Brunos Vermutung war richtig. Das "Gerät" hatte ihn tatsächlich fotografiert, eine ganze Serie von Bildern gemacht, und zur Bodenstation gefunkt. In einem jedoch stimmte seine Vorstellung mit der Wirklichkeit nicht überein. Als die Bilder auf den Monitoren erschienen, wäre es stark untertrieben gewesen, von *verdutzten* Gesichtern zu sprechen. Die Gesichtszüge der Ladies and Gentlemen an den Bildschirmen *entgleisten* förmlich vor Entgeisterung und Ungläubigkeit. Jeder schaute den anderen regelrecht hilflos fragend an und verdrehte verunsichert die Augen zu einem imaginären Himmel empor.

Billy Miller, ein erfahrener Ingenieur, war es, der als Erster die Sprache wiederfand und seinem Bildschirm-Nachbarn Ben Kelly die weltbewegende – im Grunde jedoch ziemlich dämliche – Frage stellte: "Hast du das gesehen?" Natürlich hatte er. Und er sah es noch immer, es war ja noch auf dem Monitor, das Bild mit dem Uhu auf dem Steinbrocken. Eine Reihe vor diesen beiden meldete sich nun auch einer: "Abgesehen davon, ob wir alle Halluzinationen haben oder nicht: Kann mir einer von den ornithologisch gebildeten Kollegen bestätigen, dass dieser 'Piepmatz' auf dem Stein ein Uhu ist?" "Ja", rief jemand aus einer Reihe dahinter, "das ist ein Uhu, die europäische Art *Bubo bubo*." "Thank you, Herr Kollege!"

Nachdem dieser Tatbestand geklärt war, setzte eine intensive Diskussion ein. Fragen über Fragen galt es dringlichst zu klären. Zunächst einmal redeten alle auf einmal. Mit der Zeit legte sich das aber und Ordnung kam in die Diskussion. Und zum Schluss herrschte Übereinstimmung im Kontrollzentrum. Da alle Monitore dasselbe Bild zeigten, war man überzeugt in der Runde, es lägen auf jeden Fall keine Halluzinationen vor, das Bild zeige die Realität. Nach eingehendem Vergleichen der diversen vom Mars heruntergefunkten Bilder konnte auch eindeutig festgestellt werden, dass der Uhu seinen Kopf und die Augen bewegt hatte. Folglich lebte er und war keine Puppe. Diese unmögliche Vermutung hatte doch tatsächlich einer der anwesenden Astrophysiker – es konnte nur ein Anfall von Hilflosigkeit sein – in den Raum gestellt. Wie sollte auch eine Puppe auf den Mars gelangen? Das konnte der Kollege ja wohl nicht im Ernst gemeint haben. Jedenfalls erntete diese Vermutung nur ein allgemeines nachsichtiges Lächeln.

Der mit dem nachsichtigen Lächeln bedachte Kollege – in der vagen Annahme, er hätte es mit seiner Vermutung wirklich ernst gemeint – ließ dies aber nicht ohne Gegenwehr über sich ergehen. "Wenngleich ich natürlich zugeben muss, dass meine Vermutung unhaltbar ist, so muss ich euch, Ladies and Gentlemen, aber in logischer Konsequenz fragen: Wenn schon der Uhu da oben keine Puppe ist, weil da keine sein *kann,* wie kommt denn dann, bitteschön, der *lebende* Uhu auf den Mars? Ihr werdet doch wohl nicht behaupten wollen, der Vogel wäre auf emsigen Schwingen dort hinauf *geflogen*? Oder er hätte sich vielleicht in unsere Raumsonde eingeschlichen, wäre mit ihr lustig und fidel bis zum Mars-Orbit mitgeflogen – ohne Ticket, versteht sich – und dann auf unser Marsmobil umgestiegen, um rechtzeitig zum Foto-Termin auf dem Mars zu sein? Oder wie denkt ihr euch die Sache, how do you think it happened?"

Das hatte gesessen! Die beißende Ironie mussten die Ladies and Gentlemen erst einmal verdauen. Aber der Mensch hatte ja Recht. Und das war den Kollegen auch klar. Weil aber keiner eine Antwort wusste, hüllte sich das Kontrollzentrum eine unendlich scheinende Zeit lang in betretenes Schweigen, bis endlich einer Mut fasste und den gleichsam schicksalsträchtigen Satz formulierte: "Ladies and Gentlemen, wir stehen vor einem Rätsel!" Eine Binsenweisheit, die alle sehr berührte.

Während das hochqualifizierte Team im Kontrollzentrum eine weitere Denkpause einlegte und auf die Monitore stierte, hockte der Uhu noch immer auf dem Stein und schaute mit klarem, ernsten und fragenden Blick aus dem Bildschirm heraus, als wollte er sagen: "Ihr habt ein Problem, nicht wahr? You have a problem, haven't you?" Na also, wenn er das wirklich gesagt hätte und alle hätten gehört, dass der Vogel sogar Englisch spricht, dann wäre es für die meisten von ihnen mit großer Wahrscheinlichkeit ein dringendes Bedürfnis gewesen, einen Psychiater aufzusuchen.

Aber auch diese Schweigeminuten der Ratlosigkeit gingen vorüber und alle im Kontrollzentrum kehrten zum normalen Arbeitsablauf zurück. Die Bilder, die das Marsmobil gefunkt hatte, lagen längst als Ausdrucke vor und wurden nun von allen möglichen Kapazitäten genauestens "beäugt" und begutachtet. Fazit: Für das Rätsel fand niemand eine Lösung. Alle zermarterten sich das Hirn, wie wohl ein "hundsgewöhnlicher" Uhu auf den Mars kommt. Es war ja schlichtweg eine Frechheit of this bloody owl, von dieser elenden Eule!

Bei Billy Miller klingelte das Telefon. Er meldete sich: "Miller hier, was gibt's?" Lange Zeit sagte er gar nichts, lauschte nur ganz konzentriert, was der am anderen Ende der Leitung ihm mitzuteilen hatte. Dann aber: "Nein, das gibt es doch nicht!" Und ab jetzt ging es Schlag auf Schlag: "Ein Uhu auf der ISS? – Was, ihr wollt die Crew ablösen? Tut das nicht! Die hat mit Sicherheit keinen Koller." – "Wieso? Weil wir auch einen Uhu haben – auf dem Mars, dort hockt er auf einem Stein. Wir haben jede Menge Fotos." Und zum Schluss sagte er noch: "Nein, nein, war schon richtig, dass du erst mich angerufen hast, Fred. Okay, ich leite deine Informationen weiter. Ihr hört von uns!"

Wer nicht gerade mit etwas ganz Wichtigem beschäftigt war in der Nachbarschaft von Billy's Platz, hatte natürlich, wenn auch nur in Bruchstücken, das Wesentliche mitgekriegt. "War das Houston?", fragte Ben Kelly. "Ja, Ben. Auf der ISS ist ein Uhu rumgeturnt. Die Crew wollte ihn fotografieren, aber da hätte er sich plötzlich in Luft aufgelöst. Sie glauben, die Crew hat den Weltraumkoller und wollen sie bei nächster Gelegenheit ablösen. Fred war dran, ein Freund von mir, wollte mich erst mal um Rat fragen. Aber nachdem wir erwiesenermaßen auch so einen 'Piepmatz' haben, machen wir's jetzt ganz offiziell. Ich ruf' den Boss an. Der soll entscheiden, wie weiter vorgegangen werden soll."

In der vom Boss unverzüglich einberufenen Konferenz steckten nun alle, die irgendwie abkömmlich waren, über den Bildern "Uhu auf Marsgestein" die Köpfe zusammen und rätselten herum, wie der Vogel auf den Mars gekommen war und ob es vielleicht derselbe sei wie der von der ISS. Das konnte sich zwar keiner der Experten vorstellen, aber man musste ja alle Möglichkeiten, auch die unmöglichen, in Erwägung ziehen.

Und während sich alle Beteiligten die Köpfe heiß diskutierten, kam die Meldung von den Monitoren, dass der Uhu den Stein verlassen hätte und nun ganz interessiert um das Marsmobil herumspaziere. Man könne ihm tief in die Augen sehen, so nah habe ihn die Kamera erwischt. Da waren auch schon die ausgedruckten Bilder. "Ganz fantastisch, super, amazing!", der Boss war ganz hingerissen, "aber das hilft uns leider Gottes auch nicht weiter, nicht das klitzekleinste Stückchen! Bloody eagle owl!"

Die "schlaue" Konferenz endete mit der Erkenntnis, es würde wohl nie zu erfahren sein, wie die Uhus auf die ISS und auf den Mars gelangen konnten. Und wenn es sich um ein und denselben Uhu handelte, wie der es dann wohl geschafft hatte, an *einem* Tag an beiden so weit auseinander liegenden Orten aufzukreuzen. Die nächste Meldung führte dann endgültig zur Auflösung der Konferenz. Denn die Meldung lautete: Der Uhu ist weg!

Obwohl der Uhu nun wieder "abgetaucht" war, lag das Rätsel natürlich immer noch ungelöst auf dem Tisch der Experten. Ob Astronom, Astrophysiker, Ingenieur oder Kosmologe – im kleinen Kreis wurde nun beim Boss im Büro weiter angestrengt, bis die Köpfe qualmten, nachgedacht und diskutiert, wie sie einer Lösung wenigstens einigermaßen näher kommen könnten. Nach längeren Beratungen hatten sie sich schließlich zu der Entscheidung durchgerungen, einfach einmal zu unterstellen, es könnte sich nur um *einen* Uhu handeln. Denn, es war ja schon ein absolutes Wunder, überhaupt einen Vogel dort oben zu entdecken. Der gehörte nun mal nicht auf die ISS, geschweige denn auf den Mars. Gegen ein versteinertes Bakterium auf dem Roten Planeten hätte man ja nichts einzuwenden gehabt. Aber ein ausgewachsener Uhu, dazu noch ein Europäer ...?! Das ging auch dem erfahrensten und progressivsten Kosmologen über die bekannte Hutschnur.

Zwei wichtige, ja beinahe elementare Fragen waren nun nach wie vor noch offen: Wie kam der Bursche ins All und wo ist er jetzt hin? Wenn man unterstellte, dass er zu den unerklärlichen Wundern der Schöpfung gehörte, so müsse man ihn auf jeden Fall suchen, meinte der Boss. Es handele sich dabei zwar um die berüchtigte Stecknadel im Heuhaufen, es müsse aber sein. Vielleicht wäre der Uhu auch irgendwo auf der Erde – vielleicht am ehesten in Europa – schon irgendwelchen Leuten als auffälliges Exemplar einer Eule unter die Augen gekommen. Und um das zu eruieren, wäre es wohl am besten, die Medien zu informieren. Für die würde das doch sowieso ein gefundenes Fressen sein. Er sähe da im Geiste schon die tollsten Titelzeilen vor sich, in den größten Lettern.

Schon zu früher Stunde am nächsten Tag fand die Pressekonferenz statt. Der Boss von der Marsmobil-Bodenstation hatte nur mal eine halbe Stunde lang herumtelefonieren brauchen, bei den Zeitungen, vor allem den auflagestarken Boulevardblättern und vor allem auch bei Funk und Fernsehen. Alle waren wie elektrisiert, als sie hörten, welche Sensation sie erwartete. Kein Wunder also, dass der für die Pressekonferenz vorgesehene Konferenzraum aus allen Nähten platzte!

Der Boss hatte mit einigen seiner engsten Mitarbeiter an einer langen Tafel Platz genommen im Angesicht der in wahren Heerscharen herbeigeströmten super-neugierigen Redakteure und Reporter. Und die waren alle bis an die Zähne "bewaffnet" mit Fotoapparaten, Film- und Videokameras, als könne schon ein inzwischen ausfindig gemachter und eingefangener leibhaftiger Weltraum-Uhu abgelichtet und gefilmt werden. Die Enttäuschung sah man ihnen an, als sie erfuhren, der Uhu wäre verschwunden. In Wahrheit – doch das sagte ihnen der Boss verständlicherweise nicht offen ins Gesicht –, sollten Presse, Funk und Fernsehen ja erst einmal als Köder "missbraucht" werden, um über die Veröffentlichungen den gesuchten Uhu möglicherweise ausfindig zu machen.

Die Journalisten konnten folglich ihre "schweren Geschütze" weitgehend ruhen lassen, abgesehen von ein paar Aufnahmen und Filmeinstellungen, die den Boss und seine Mitarbeiter mit den vom Marsmobil "geschossenen" Funkfotos zeigten, Kurztitel: "Uhu auf Stein auf Mars". Ansonsten gab es für die Damen und Herren von den Medien jedoch viel zu notieren. Was auch mit Feuereifer geschah. Und ruck-zuck, denn jeder wollte der Schnellste sein, verschwand einer nach dem anderen Richtung Redaktion oder Sender.

Nachdem der Letzte den Raum verlassen hatte, grinste der Boss seine Mitarbeiter zufrieden an und sagte: "So, Ladies and Gentlemen, das hätten wir angekurbelt!" Und weniger zufrieden fügte er hinzu, alle sollten ab sofort sämtliche Daumen drücken, damit die Aktion auch vom gewünschten Erfolg gekrönt werde.

***

Als Bruno die seltsame "Spinne" von Menschenhand von allen Seiten inspiziert hatte, flog er auf einen riesigen Gesteinsbrocken und ließ seinen Kopf ein wenig kreisen, um von dieser viel höheren Warte aus das imposante, wenn auch völlig unbelebte Landschaftspanorama in sich aufzunehmen. Dazu herrschte auch eine gespenstische Stille. Es war so still, dass Bruno fast meinte überprüfen zu müssen, ob er überhaupt noch lebte. Die nahezu unheimliche Lautlosigkeit sollte aber bald einem Inferno weichen, das sich am Horizont auf breiter Front zusammenbraute! Der

Uhu wusste zwar nicht, was das war, aber seine innere Stimme, Instinkt genannt, meldete ihm Gefahr in Verzug. Und die bestand in jener grauen Wand, die sich mit rasender Geschwindigkeit vom Horzont her näherte und mit der sich einer jener auf dem Mars schon öfters beobachteten Staubstürme ankündigte, von denen manche gar Monate lang große Gebiete des Roten Planeten überzogen haben.

Nichts wie weg hier, dachte Bruno! Er schloss nur kurz die Augen, konzentrierte sein ganzes Denken auf seinen Lieblingsast vor der heimatlichen Felswand und schon hatte er sich in Luft aufgelöst. Es war auch höchste Zeit gewesen. Ein infernalisches Fauchen erfüllte urplötzlich die Stille und mit für irdische Verhältnisse unglaublicher Geschwindigkeit brausten dichte Staubfahnen heran und hüllten das Land in nächtliches Dunkel.

***

Über Brunos heimatlichem Wald war es noch hell, als er am späten Nachmittag auf seinem geliebten Ast landete. Seine Mine kam aus der Wohnhöhle heraus und gab ein müdes "Uhuuuh" zur Begrüßung von sich. Sie war gerade vom ausgiebigen Mittagsschlaf erwacht, aber offensichtlich noch nicht ganz munter. Deshalb riskierte sie auch lediglich ein Auge, das andere hielt sie geschlossen. Nach kurzer Zeit jedoch schüttelte sie ihr Gefieder aus und ließ ihren Kopf einmal links herum, einmal rechts herum kreisen. Dann war sie "voll da", also putzmunter und damit auch ihre Neugier. "Du bist schon zurück?", fragte sie, "wolltest du nicht paar Tage wegbleiben? Hast du denn nichts erreicht?" "Doch, doch", antwortete Bruno, "es ist nur alles viel schneller gegangen als ich angenommen hatte. Und dann ist mir auch noch ein Staubsturm dazwischengekommen. Da musste ich abbrechen." "Ein Staubsturm? Was ist das, ein Staubsturm? Und wo war der?", wollte Mine wissen. "Auf dem Mars war der", erklärte Bruno, "der wird auch Roter Planet genannt, aber den kennst du ja doch nicht, ebenso wenig einen Staubsturm. Den gibt es in unserem Wald nicht. Und der Mars, das ist einer von den leuchtenden Punkten am klaren Nachthimmel. Dir das aber genau zu erklären, ist in der Uhu-Sprache nicht möglich, da fehlen einfach die Worte. Wenn du eine Menschen-Sprache verstehen würdest, zum Beispiel Deutsch, ja, dann wäre es kein Problem. Aber so ..." Mine starrte eine Weile ins Leere und sagte dann: "Es ist nicht schlimm. Ich muss ja nicht alles wissen. Die Hauptsache ist, du kennst dich aus. Wenn jeder Uhu so wäre wie du, wär's auch langweilig. Du brauchst dir also keine Sorgen zu machen, Bruno. Ich bin stolz auf dich!" Na, das ging Bruno runter wie Öl. Und um auch seine Mine ein bisschen aufzuwerten, meinte er, es gäbe selbst unter den Menschen viele – ja, sogar sehr viele –, die sich zwar unter einem Staubsturm etwas vorstellen könnten, aber nicht wüssten, wer oder was der Mars ist. Na bitte, dachte Mine, und bekam Hunger. Die Abenddämmerung kroch ja auch schon über die Felswand herunter. "Kommst du mit, Bruno?" Der nickte Zustimmung. Und, obwohl er hundemüde war (Entschuldigung, auch ein Uhu kann ja mal so müde sein wie ein Hund ...), folgte er seiner Hermine auf der Suche nach einem opulenten Abendessen. Das hatte er sich redlich verdient! An *einem* Tag die ISS und den Mars zu schaffen – mein lieber Uhu, das war eine tolle Leistung! Und im Stillen freute er sich schon auf das Gesicht, das seine Buchhändlerin machen würde, wenn er ihr morgen von seinen Erlebnissen berichtete.

***

Im Morgengrauen war Bruno noch einmal zum Jagen in den Wald geflogen. Anschließend wollte er sich dann gleich zur Buchhandlung in die Stadt auf den Weg machen. Dazu kam es aber vorerst nicht, denn sein Bruder Udo kreuzte auf. Der war natürlich auch neugierig zu erfahren, wie's gewesen war "da oben". Dieser unverhoffte Besuch passte Bruno zwar überhaupt nicht in den Kram, aber auf der anderen Seite musste er verhindern, dass bei Udo ein falscher Eindruck entstand. Nicht dass Udo meinte, sein Bruder hätte keine Zeit mehr für ihn und wolle ihm damit zeigen, dass er ja nur ein gewöhnlicher Uhu sei, mit dem er über solche schwierigen und absolut nicht artgemäßen Themen nicht sprechen könne. Bruno kam folglich nicht darum herum, Udo von seinen Erlebnissen im Weltraum zu erzählen. In der Uhusprache war's halt immer wieder wahnsinnig schwierig, die passenden Worte zu finden. Aber Bruno schaffte es. Und in Udo hatte er ja auch einen Zuhörer, der sich schon seit längerer Zeit für die Sterne interessierte und deshalb auch mehr davon verstand. Sogar ein paar Brocken Deutsch hatte er schon von Bruno gelernt. Udo machte es ihm also nicht ganz so schwer wie seine Mine. Und so erzählte er mit einer derartigen Begeisterung, dass er gar nicht merkte, wie rasch die Zeit verging. Denn als er seinen Bericht beendet hatte, war's bereits Mittag. Dabei wollte er doch schon am Vormittag zu Regina fliegen. Doch nachdem er mit ihr keinen Termin ausgemacht hatte, war es ihr sicher auch recht, wenn er erst nach der Mittagspause kommen würde.

Durch die Zeitverschiebung bedingt, hatte in den USA gerade die vom Boss der Marsmobil-Bodenstation einberufene Pressekonferenz angefangen, als Bruno bei der Buchhandlung ankam und ins Atelier fliegen wollte. Aber das Fenster war zu. So landete er auf dem Fenstersims und blickte mit seinen scharfen Augen durch die Fensterscheibe, ob Regina sich nicht vielleicht zufällig im Atelier aufhielte. Er hatte Glück, sie war da. Mit seinem Schnabel klopfte er ans Fenster. Im ersten Augenblick war sie recht erschrocken, aber dann, als sie ihn entdeckt hatte, kam sie schnell herbei und öffnete ihm.

Wie war die Buchhändlerin doch erfreut, ihren ungleichen Freund gesund und munter wiederzusehen! Bevor sie aber – schließlich war sie ja gespannt wie ein Flitzebogen – dazu kam, die Frage der Fragen zu stellen, war's Bruno, der eine stellte. "Was machen *Sie* denn da?", wollte er wissen. Auf der einen Staffelei hatte er nämlich ein angefangenes Bild entdeckt. Und das angefangene Motiv war – dreimal darf geraten werden – ein Uhu!

Regina fühlte sich ertappt und war fast ein wenig verlegen, als hätte sie etwas Unanständiges getan. Dann aber lachte sie und klärte Bruno auf. Sie hätte vor vielen Jahren bei ihrem Vater eine Zeit lang Unterricht im Zeichnen und Malen gehabt. Nun wäre ihr gestern Abend plötzlich die Idee gekommen, doch mal auszuprobieren, ob das ihr schon als Kind vom Vater bescheinigte Talent noch vorhanden ist. "Und es ist!", bestätigte sie, "für den Uhu habe ich allerdings ein Foto als Vorlage, aus dem Kopf kann ich keinen malen. Und Sie, mein lieber Bruno, waren ja im Weltraum unterwegs, so dass mir auch kein lebendes Modell zur Verfügung stand. Aber, die Sache hat freilich noch einen ganz anderen Hintergrund. Die Idee, wieder mit dem Malen anzufangen, ist mir vor allem aus folgendem Grunde gekommen: Ich habe mir gedacht, wenn Sie es nicht schaffen, den Adlernebel zu erreichen, dann male ich eben einen Uhu im Adlernebel." "Also, wenn ich Sie so höre", schloss der Uhu dolchkrallenscharf, "so habe ich den Eindruck, Sie sind nicht sehr davon überzeugt, dass mir der Sprung zum Adlernebel gelingt. Oder?"

"Das weiß ich noch nicht. Bevor ich mir ein endgültiges Urteil bilden kann, würde ich vorschlagen, dass Sie mir erst einmal erzählen, wie es auf der ISS gewesen ist." "Tja, meine Liebe, da muss ich erst einmal eine wichtige Korrektur vornehmen: Ich war nicht nur auf der ISS, sondern auch gleich mit auf dem Mars!" "Wie bitte?", Regina war platt, "an *einem* Tag?" "Jawohl, an *einem* Tag", antwortete Bruno. Und nun erzählte er alles der Reihe nach: von der ISS, von der Begegnung mit den Astronauten, die ihn fotografieren wollten, weshalb er die Flucht ergriffen hätte und – weil es ja auch noch früh am Tag gewesen sei – zum Mars entfleucht wäre, per *Gedankensprung,* versteht sich. Vor allen Dingen erzählte er Regina auch von der komischen "Spinne", die nach seiner Überzeugung natürlich ein amerikanisches Forschungs-Fahrzeug war, sicher so groß wie ein Auto. Ganz nah wäre es zu ihm hingekommen und er hätte den Eindruck gehabt, von dem "Ding" fotografiert worden zu sein."

"Wenn das stimmt, dass Sie fotografiert worden sind, dann, Bruno, können Sie sich auf etwas gefasst machen!" "Ja, aber", gab Bruno zu bedenken, "auf breiter Front kam da mit einem Mal ein gewaltiger Staubsturm auf, der mich dazu gezwungen hat, sofort abzubrechen und zur Erde zurückzukehren. Und der Staubsturm hat bestimmt das Mars-Fahrzeug unter sich begraben. Da kann ich mir nicht vorstellen, dass aus den Fotos was geworden ist." "Haben Sie eine Ahnung! Die Fotos waren doch längst zur Bodenstation gefunkt, bevor der Staub kam. Und als Sie verschwunden waren, haben die Herrschaften am Boden sich sicher etwas einfallen lassen, um herauszukriegen, ob Sie nicht auf irgendeine Weise ausfindig zu machen wären. Auf jeden Fall werden die alle Medien verständigt haben. Schon heute Abend könnte eine Meldung – die ist ja, wie Sie zugeben müssen, sensationell! – in den Nachrichten kommen, im Radio und im Fernsehen. Und ab morgen in der Presse. Und jetzt stellen Sie sich mal vor, unser 'Freund', der Herr Redakteur von den 'Stadtnachrichten', hört oder liest die Meldung. Der wird daraufhin nichts Eiligeres zu tun haben, als zu mir zu kommen und mich zu löchern, wo denn der liebe Herr Bubo sich zurzeit aufhalte, er müsse mit ihm unbedingt und ganz dringend ein Interview machen, das Interview seines Lebens! Also, wissen Sie was, Bruno? Ich rufe jetzt gleich mal in der Redaktion an und rede mit Herrn Schreiber, damit er nicht gar zu viel Staub aufwirbelt. Viel wird es zwar nicht nützen, aber man kann's ja mal versuchen. Damit wenigstens nicht gleich alle Welt eine gigantische Hetzjagd auf Sie veranstaltet. Vor meinem geistigen Auge sehe ich da schon Heerscharen von Medienleuten und sensationslüsternen Normalbürgern auf der Suche nach einem gewissen 'Weltraum-Uhu' durch die Wälder der Umgebung trampeln!"

Der Anruf bei der Zeitung brachte der Buchhändlerin zu ihrem Leidwesen nur die mieseste Information ein, die sie sich für den vorliegenden Fall hätte wünschen können. Der Chefredakteur höchstpersönlich teilte ihr nämlich mit, dass er diesen patenten Mitarbeiter leider an die Konkurrenz verloren habe, der sei zu dem großen Boulevardblatt mit dem einsilbigen Namen gegangen. Worum es denn ginge, wollte er wissen. Regina sagte ihm vorsichtshalber nicht die Wahrheit. Sie habe Herrn Schreiber nur noch mal für seinen Artikel danken wollen. Darauf meinte der Chefredakteur lapidar, da er mit Herrn Schreiber nicht mehr "dienen" könne, würde er ihren Dank natürlich auch selbst gern entgegen nehmen – gewissermaßen in Vertretung.

Damit war das Gespräch beendet. Regina schnaufte

einmal kurz durch und kommentierte das Ergebnis des Gesprächs knapp und trocken mit dem Satz: "Jetzt haben wir den 'Salat'!" "Was für einen Salat?", fragte Bruno, weil er nicht wusste, was sie damit meinte. "Das ist so eine Redensart, wenn etwas schief gegangen ist. Und in unserem Fall ist damit die Information gemeint, dass der Redakteur Schreiber nicht mehr für die 'Stadtnachrichten' schreibt. Er arbeitet jetzt für das Boulevardblatt mit dem kurzen Namen – Sie wissen schon, Bruno. Und was das bedeutet, ist ja wohl sonnenklar! Herrn Schreibers Anruf erwarte ich spätestens morgen früh."

Bruno überlegte eine Weile mit kreisendem Kopf und aufgestellten Federohren, ein Zeichen dafür, dass ihn diese Neuigkeit doch ziemlich beschäftigte. Dann aber meinte er ganz gelassen und entschlossen: "Wenn also Herr Schreiber anruft, so sagen Sie ihm bitte, ich sei das gesuchte Objekt journalistischer Begierde und selbstverständlich zu einem erneuten Interview bereit. Er müsse sich allerdings hierher bemühen. Am Telefon gäbe es keine Auskünfte. Und ohne Honorar laufe im Übrigen auch nichts. Das Geld geht natürlich wieder auf Ihr Konto, Regina. Ich kann damit ja nichts anfangen. Man könnte von dem Geld vielleicht auch eine Spende abzweigen, zum Beispiel für irgendeine Naturschutz-Organisation, die sich für die Erhaltung der Uhus einsetzt. In etlichen Regionen soll es ja kaum noch Uhus geben. Die Menschen hätten ihnen den Lebensraum genommen. Das stimmt doch?" "Nicht ganz", sagte Regina, "die Situation hat sich gebessert, wie ich neulich gelesen habe. Aber trotzdem eine gute Idee von Ihnen, Bruno!"

Wie von Regina prophezeit, so kam es denn auch. Am nächsten Morgen, schon in aller Herrgottsfrühe, war der Herr Redakteur Schreiber – diesmal aus Hamburg – in der Leitung. Der Mensch war ganz aufgeregt, hatte bestimmt die halbe Nacht kein Auge zugetan. "Also, Frau Wagner, das ist ja eine Sensation! Ihr Uhu auf der ISS und am selben Tag noch gar auf dem Mars! Unglaublich!", sprudelte es aus dem Zeitungsmenschen heraus. Und ehe Regina zu Wort kam, ging's schon weiter. "Ich muss unbedingt ein Interview mit dem Uhu haben. Es wird auch gut bezahlt! Was sage ich? Es wird super bezahlt. Ich bin ja nicht mehr, wie Sie vielleicht schon wissen, bei den 'Stadtnachrichten'. So ein Exklusiv-Interview lässt sich mein Blatt was kosten, versteht sich." "Ja gut", antwortete die Buchhändlerin, "aber woher wollen Sie eigentlich wissen, dass der von der amerikanischen Weltraumbehörde gesuchte Uhu 'mein' Bruno Bubo ist?" "Na, das ist doch klar!", war der Zeitungsmann überzeugt, "so einen wie den B.B. gibt es nur *einmal* auf der Welt, einen leibhaftigen Uhu, der in einer Buchhandlung Astronomie studiert!" "Also gut, und wann wollen Sie kommen?" "Was heißt da *kommen*? Das können wir doch gleich am Telefon erledigen, oder? Der Uhu wird Ihnen sicher schon seine Erlebnisse erzählt haben. Da könnten wir doch den zeitraubenden Umweg über den Vogel sparen." "Warum denn so eilig, Herr Schreiber? Ich habe noch mit keinem einzigen Menschen über die Sache gesprochen, auch nicht mit den 'Stadtnachrichten'. Sie sind der Erste, dem ich überhaupt bestätige, dass B.B., wie Sie sich ausdrückten, der weltweit gesuchte Uhu ist. Und ein aktuelles Foto sollte ja wohl auch sein?! Also, wann kommen Sie, damit ich den Uhu verständigen kann? Heute geht es jedenfalls nicht mehr! Und im Übrigen: Wenn der Uhu einverstanden ist, werden Sie der Erste sein, der über die Erlebnisse Bruno Bubos im All berichtet, ein *Exklusiv*-Interview allerdings gibt es nicht. Da wollen wir uns doch ein bisschen den Rücken frei halten. Das kann ich entscheiden, ohne B.B. zu fragen." "Aha!", machte Herr Schreiber, "Sie sind also seine Managerin?" "So ist es! Alle Welt hat heute einen Manager, obwohl sich viele Menschen das Geld für den Manager sparen könnten. So ein Uhu dagegen braucht einen, um von den Menschen nicht über den Tisch gezogen zu werden! Also, wann kommen Sie?" "Morgen! Wegen des genauen Termins schicke ich Ihnen noch ein Fax. Ich muss erst klären, wann der Flieger geht." Herr Schreiber murmelte noch paar unverständliche Worte und legte auf. Dass die Buchhändlerin jene gemurmelten Worte nicht verstanden hatte, war wohl gut so. Sonst hätte der Mann vom Boulevardblatt mit dem kurzen Namen seinen Sensationsbericht wohl in den Wind schreiben können ...!

Schon eine Stunde nach dem Telefongespräch ging das angekündigte Fax ein: "Fliege bis Stuttgart, steige in Taxi um und werde ungefähr gegen zehn Uhr bei Ihnen sein. Bitte, verständigen Sie den Uhu!" Das war kein Problem, denn der kam gerade zum Atelierfenster herein. Aufmerksam hörte er sich Reginas Bericht an, dem er so ganz beiläufig auch entnehmen konnte, dass sich Regina dem Zeitungsmenschen gegenüber zu seiner Managerin ernannt hatte – was ihm nur recht sein konnte. Und im Vertrauen darauf, dass sie sich im Umgang mit den Medien besser auskannte als er, der Vogel, war er mit allem, was seine sich ihm unverhofft zur Verfügung gestellte Managerin verhandelt hatte, voll und ganz einverstanden. Wissen wollte er jetzt nur noch, was er Herrn Schreiber sagen dürfe und was nicht. Aus taktischen Gründen sollte er wohl nicht alles erzählen, um für andere Medien auch noch etwas in "Hinterhand", wie der Skatspieler sagt, zu haben.

So nahm das Interview am nächsten Tag den geplanten Verlauf. Und nach einer knappen Stunde waren schon alle Fragen gestellt und beantwortet und selbst die unvermeidlichen Fotos "geschossen", diesmal der Uhu vor der Abbildung des Roten Planeten Mars aus einem großformatigen astronomischen Bildband. "Sehen Sie", sagte die Buchhändlerin, "jetzt haben Sie auch noch paar Fotos im Kasten! Die hätten Sie per Telefon-Interview, wie Sie's vor lauter unnötiger Eile eigentlich wollten, nicht gehabt. Und was wäre so ein sensationeller Bericht ohne Foto?!" Der Journalist zeigte sich einsichtig und war nun sehr zufrieden. Und da er nicht vergessen hatte, einen "schönen" Scheck mitzubringen, waren Regina und Bruno nicht minder zufrieden.

Am frühen Nachmittag saß Herr Schreiber schon wieder im Flieger nach Hamburg. Er hatte es ja mächtig eilig, denn der Sensationsbericht musste heute noch ins Blatt. Schon während des Rückflugs "kämpfte" er angestrengt auf der Suche nach einer geeigneten Titelzeile. Die allein musste schon die Auflage in die Höhe jagen. Mit Titelzeilen Marke "Stadtnachrichten" war bei seiner neuen Firma kein Blumentopf zu gewinnen. Doch das Glück war ihm hold: Kurz vor der Landung in Hamburg fiel ihm eine brauchbare Zeile ein, die dann auch in Riesenlettern die Titelseite der Ausgabe vom folgenden Tag zierte: *WELTRAUM-UHU IN DER PROVINZ AUFGESPÜRT!* Dazu das Foto von Bruno vor dem Roten Planeten, dem kaum jemand ansah, dass es der Mars nicht live war, sondern ein Foto aus einem Bildband. Das kleine eingeklinkte Foto hatte die NASA beigesteuert und zeigte Bruno auf Marsgestein hockend, vom Marsmobil fotografiert. Alles in allem: Für Schreiber, erst seit kurzem bei dem neuen Arbeitgeber auf der Gehaltsliste, bedeutete der Bericht über den elitären Uhu, natürlich einen tollen Einstieg und brachte ihm beim sonst als eher gnadenlos bekannten Chefredakteur gute Noten ein. Doch Schreiber war erfahren genug, um zu wissen, dass derartige Lorbeeren ihren ersten Glanz gleich wieder verlieren, wenn nicht fortan solche Knüller geliefert werden.

*****

Die Ausgabe des Boulevardblattes mit dem Bericht von dem in der Provinz aufgespürten "Weltraum-Uhu" wurde auch gerade dort – am Ort der Entdeckung – den Zeitungshändlern regelrecht aus der Hand gerissen!

Die kleine Provinzstadt geriet ziemlich aus den Fugen!

Sonst passierte hier ja nicht viel Aufregendes, außer dass vielleicht mal ein Fahrrad "abhanden" kam. Da war eine solch außergewöhnliche Abwechslung doch sehr willkommen.

Nur einer fand an der ganzen Sache überhaupt keinen Gefallen – der Chefredakteur der "Stadtnachrichten"! Im Gegenteil, der war stocksauer, weil der Bericht nicht in *seinem* Blatt stand. Und was noch viel schlimmer war: Er *wusste* noch nicht einmal etwas von dem Weltraumausflug des in nächster Umgebung lebenden Uhus! Kein Wunder also, dass er stehenden Fußes zum Telefonhörer griff und die Buchhändlerin vom Markt anrief, um zu erfahren, warum *er* denn nicht als Erster von ihr, der Quasi-Managerin des Uhus, informiert worden wäre. Allein schon aus lokalpatriotischen Gründen hätte sein Blatt für sie die allererste Adresse sein müssen.

Als der Chefredakteur seinen ganzen Frust – wie eine Lokomotive den Dampf – abgelassen hatte und am Ende auch mal wieder Luft holen musste, nutzte Regina Wagner die Gelegenheit zu einer Erklärung. Das liebe Geld wäre der Grund gewesen. Ein so "ansehnlicher" Betrag, wie er ihn unmöglich hätte zahlen können ... Was der Uhu denn mit dem vielen Geld anfangen wolle, funkte der Chef der "Stadtnachrichten" dazwischen. Ganz einfach, klärte sie ihn auf, der Uhu hätte sie gebeten, ein Konto bei der Bank einzurichten, um davon immer wieder mal Spendenbeträge an entsprechende Naturschutz-Organisationen zu überweisen, die sich um die Lebensräume der vom Aussterben bedrohten Tierarten kümmern. Der Rest wäre für die Bücher, die er bei ihr gekauft hätte. Dem Zeitungsmann am anderen Ende der Leitung blieb nach kurzer sprachloser Überlegung darauf nur noch die Bemerkung, dass er diesen Grund wohl akzeptieren müsse. Und selbst wenn er Zweifel am Wahrheitsgehalt der Begründung gehabt hätte, er musste sie akzeptieren. Schließlich war die Buchhändlerin Anzeigenkunde! So ist das nun mal im Leben ...!

Als Regina Wagner die wortreiche Beschwerde der Lokalpresse hinter sich hatte, musste sie erst einmal kräftig durchatmen. Dann wandte sie sich noch einmal dem Boulevardblatt auf ihrem Schreibtisch zu. Denn vor lauter "Stadtnachrichten" war sie überhaupt noch nicht dazugekommen, Schreibers Bericht intensiv zu lesen. Und wo blieb eigentlich Bruno heute Vormittag? Mehrere Millionen Leser waren schon über seine Taten, nach Art des Blattes, ins Bild gesetzt. In großen Lettern obendrein, damit auch die Fehlsichtigen unter den Millionen mit der Lektüre Erfolg haben konnten. Er, die Hauptfigur, aber widmete sich draußen im Wald womöglich noch einem "süßen" Mäuslein zum zweiten Frühstück und scherte sich einen Teufel um den Bericht? Aber vielleicht war er auch schon oben im Atelier? Bei dem schönen Wetter hatte sie ja vorsorglich das Fenster offen gelassen. Sie musste unbedingt nachschauen. Mit der Zeitung unterm Arm stieg sie zum Atelier hinauf.

Regina hatte richtig vermutet: Bruno war schon da! Er bewunderte gerade ihr noch nicht ganz fertig gemaltes Bild vom Uhu im Adlernebel. Es gefiel ihm wirklich sehr gut. Im Geiste stellte er sich schon vor, wie es wohl sein würde, wenn es mit seinem *Gedankensprung* so weit hinaus ins Weltall ebenso perfekt funktionierte wie zur ISS und zum Mars und er jenen interesssanten Gasnebel da draußen inspizierte. Er war von derart erwartungsvoller Spannung erfüllt, wie sie nur ein Uhu erleben kann, der sich auf Grund seines kommunikativen Umgangs mit den Menschen deren Mentalität und emotionale Reaktionen angeeignet hatte. Ein Teil des geistigen Innenlebens hatte auf Grund der ungewöhnlichen genetischen Voraussetzungen zu dem eines Menschen mutiert. Ein nicht übersehbarer und auch sonst offenkundiger Rest allerdings war typisch Uhu geblieben – allein schon sein äußeres Erscheinungsbild, die Fähigkeit zu fliegen und die Art der Nahrungsaufnahme einschließlich "Speisen-Fahrplan".

Das menschliche Moment in der fedrigen Hülle eines Uhus bildete also den Grund dafür, dass er es fast nicht mehr erwarten konnte, zu seinem *Gedankensprung* zum M 16, dem Adlernebel im Sternbild Schlange, anzusetzen. Weil aber noch einiges dazwischenkommen sollte, musste er sich da noch ganz gewaltig in Geduld üben.

Zuerst einmal zeigte ihm Regina den Schreiber'schen Bericht, der die Titelseite des Millionenblattes zum größten Teil ausfüllte. Dafür sorgte allein schon die gigantisch aufgemachte Titelzeile samt Untertitel. Regina hielt dem Uhu das Blatt aus einiger Entfernung hin, damit er mit seinen Walzenaugen keine Mühe beim Lesen hatte. Danach war Bruno ganz angetan von dem Foto und Schreibers "Schreibe" (wie's im Fachjargon heißt). Nur, meinte er zu

Regina, er hoffe nun aber sehr, recht bald – möglichst schon morgen! – zu seinem "Ausflug" zum Adlernebel starten zu können. Da konnte Regina nur nachsichtig lächeln: "Also, Bruno, das schlagen Sie sich mal aus dem Kopf!" Sie hatte den Satz kaum beendet, da läutete auch schon das Telefon.

Eine ihre Verkäuferinnen war dran. Zum Schluss des kurzen Gesprächs sagte die Buchhändlerin: "Ja, ich spreche mit ihm. Sagen Sie den Leuten mal noch nichts. Die werden's schon sehen. Entweder komme ich alleine runter oder ich bringe ihn mit. Bis gleich!"

"Hab' schon kapiert", meinte der Uhu, "es geht natürlich um mich!" "So ist es", bestätigte Regina, "unten im Laden und draußen auf dem Marktplatz vorm Laden soll es zugehen, als ob wir alle Bücher zum Nulltarif unters Volk schleudern würden! Nur, die Leute wollen gar keine Bücher. Die wollen den über Nacht berühmt gewordenen Bruno Bubo sehen und mit ihm sprechen! Ich glaube, Bruno, Sie sollten wirklich mitkommen." "Warum auch nicht?", signalisierte der Uhu sein Einverständnis, "wenn schon berühmt, dann auch keine falsche Bescheidenheit! Also gehen wir! Reichen Sie mir Ihren Arm, gnä' Frau!" "Spaßvogel!", sagte Regina mit einem verschmitzten Lächeln in den Augenwinkeln. Dann schnallte sie die Ledermanschette um, ließ den Herrn Uhu aufsitzen, und stieg mit ihm die Treppe hinunter, dem ungeduldig wartenden Volksauflauf entgegen.

Im Buchladen und davor ging's zu wie in einem orientalischen Bazar. Alle redeten gleichzeitig laut und aufgeregt durcheinander. Der Geräuschpegel, der dabei produziert wurde, konnte sich hören lassen. Zu verstehen allerdings waren nur Wortfetzen. Selbst dem eigenen Wort boten sich nur geringe Chancen, von einem selber recht verstanden zu werden.

Kaum hatte die Buchhändlerin mit dem Uhu auf dem Arm den Laden betreten, sackte der Geräuschpegel auf einen Schlag in sich zusammen. Für Sekunden herrschte gespannte Stille im "Saal". Nur von draußen drang noch Volksgemurmel herein. Da konnte man ja auch nicht sehen, dass Regina Wagner mit dem Uhu, dem Objekt der Neugier, inzwischen im Laden erschienen war. Als im Laden aber heftig Beifall geklatscht wurde, war's auch für die beachtliche Menschentraube *vor* dem Laden das Signal zum Applaudieren. Der Wunder-Uhu musste also eingetroffen sein!

Weil das Wetter so schön und warm war und vor allem jeder die Worte des Uhus gut verstehen sollte, wurden alle aus dem Laden hinauskomplimentiert. Auch die Leiter, die immer bei Büchern ganz oben in den Regalen zum Einsatz kam, wurde draußen aufgestellt. Auf ihrem "Gipfel" nahm Bruno Platz, so dass er auch von allen Anwesenden gut zu sehen war. Die Buchhändlerin hatte sich neben der Leiter aufgestellt. Redegewandt, wie sie war, begrüßte sie die "Versammlung" der neugierigen und sicher auch ein wenig sensationslüsternen Boulevardblatt-Leser, die gerade nichts Besseres zu tun hatten, auf das Herzlichste. Dann erklärte sie, der Uhu wäre nun gern bereit, Fragen zu beantworten.

Nachdem daraufhin – wie fast nicht anders zu erwarten – eine ziemlich chaotische Durcheinanderfragerei einsetzte, kam die Chefin der Buchhandlung am Markt nicht umhin, diese "Open-Air-Talk-Show" zu leiten und in geordnete Bahnen zu bringen. Bruno kommentierte die Vorgänge unter und vor ihm lediglich mit einem melancholischen, arg schief geknautschten Lächeln und einem verschämt wirkenden "Klimpern" seiner Augendeckel, wie üblich – im "beschleunigten" Schneckentempo.

Die Fragen, die nun gestellt wurden, beantwortete der Uhu in souveräner Manier. Ein ums andere Mal ging ein Raunen der Bewunderung durch die Reihen. Nein, also das hatte man sich wirklich nicht vorstellen können! Ein Uhu, der überhaupt spricht! Und dann auch noch ein einwandfreies Deutsch! Dass es bei den Zischlauten stets ein bisschen zu arg zischte und die ganze Sprechweise der eines Bauchredners ähnelte, fiel niemandem auf. Die Faszination, die von diesem Vogel ausging, überwog alles!

Gut eine halbe Stunde dauerte es, bis dann die Fragen nur noch tröpfelten. Den Leuten fielen keine mehr ein. Sie hatten alles abgefragt und wussten nun Bescheid über die Weltraum-Ausflüge des Uhus zur ISS und zum Mars. Und sie wussten nun auch, was der "verrückte Typ" eines Vogels unter einem *Gedankensprung* verstand.

Ganz allmählich zeigte die "Versammlung" nun also Auflösungserscheinungen. Zum Schluss standen nur noch paar Grüppchen von Männern, meist Rentner (die hatten ja auch Zeit), herum und diskutierten das Thema des Tages. "Der Bursche könnte glatt ein Buch schreiben!", meinte der Eine. Ein Anderer gab ihm Recht: "Das wäre *der* Knüller!" "Was? *Der* Knüller? Ich glaube, das wäre *der Bestseller des Jahres!*", war ein Dritter überzeugt. Regina, die das mitgekriegt hatte, mischte sich lachend ein: "Ja, ja, so ist es! Und ich mache dann das Geschäft meines Lebens mit euch!" Damit hatte sie die Lacher auf ihrer Seite. Und ein besonders gewitzter Spaßvogel stellte grinsend die Bedingung, dass dann aber erst eine Rentenerhöhung her müsse, bevor er sich in die hohen Kosten für ein solches Sensations-Buch stürzen könne ...! Dafür hatte der Mann die Lacher jetzt natürlich auf *seiner* Seite!

Aus dem einen Männergrüppchen im Hintergrund löste sich jetzt ein Mann und kam auf Regina Wagner zu. Der Mann hatte eine digitale Fotokamera umhängen. Ein glückliches Lächeln erhellte sein Gesicht. Der Mann war der Chefredakteur der "Stadtnachrichten"! Weil der neue Mitarbeiter – Ersatz für Schreiber – seine Arbeit noch nicht aufnehmen konnte, war der Chefredakteur höchstpersönlich im Einsatz. Warum sein Gesicht so glücklich strahlte? Keine Frage! Weil *er* jetzt eine Story bringen konnte, die jenes Millionenblatt *nicht* hatte! Na, wenn das für einen Journalisten aus der Provinz kein Anlass zur Freude war!!

Auch Regina hatte Anlass zur Freude, und zwar aus demselben Grunde. Denn wenn jener Zeitungsmensch seine Story hatte, würde er ihr nicht mehr "wehklagend" in den Ohren liegen, sprich: an der Strippe hängen.

Bruno, der noch oben auf der Leiter hockte und den Regina vor lauter Freude des Chefredakteurs fast vergessen hatte, brachte sich mit einem dezenten "Uhuuuh" in Erinnerung. "Mein Gott, Bruno! Entschuldigung! Bitte, kommen Sie!" Damit hielt sie ihm den Arm hin, um ihn herunterzuholen. Doch Bruno wollte nicht, er brauchte wohl ein wenig Bewegung. Und mit den Worten "Komme schon!" breitete er seine Schwingen aus und segelte von der Leiter. Einer von den Unentwegten, die noch herumstanden, bekam vor Staunen den Mund nicht mehr zu. Und einem Zweiten entfuhr es ganz spontan: "Guckt mal, was für ein Riesenviech!!" Und mit einer Geste der Entschuldigung fügte er schnell hinzu: "Der Vogel!"

Bruno tat, als hätte er überhaupt nichts gehört, und Regina lächelte milde Absolution. Aber nur kurz. Denn sie musste ins Büro. Sie wurde am Telefon verlangt. Bruno konnte ihr nur noch hinterherrufen, er würde ins Atelier fliegen. Regina nickte "verstanden" und verschwand in ihrem Laden.

Während die Buchhändlerin in ihrem Büro telefonierte, war Bruno im Atelier schon wieder in die Betrachtung ihres noch nicht fertigen Bildes "Uhu im Adlernebel" versunken. Reginas Schritte auf der Treppe und der kurze Quietscher beim Öffnen der Tür holten ihn jedoch "rücksichtslos" in die Wirklichkeit zurück.

"Na, ging's beim Telefonieren wieder um mich?", erkundigte sich der Uhu. "Nein, dieses Mal ausnahmsweise nicht. Aber warten Sie nur ab. Das war noch lange nicht alles. Da werden wir bestimmt noch einiges erleben ...!"

Nachdem bereits die Mittagspause angefangen hatte und Bruno überdies keine Lust auf weitere theoretische

Astronomie verspürte, kamen die Beiden überein, dass
jeder auf seine Weise den Rest des Tages verbringen sollte. Falls – was Regina auf jeden Fall erwartete – heute
Nachmittag noch wichtige Telefonanrufe eingingen, könnten sie die ja morgen Vormittag besprechen und entsprechend notwendige Entscheidungen treffen.

Also widmete sich Regina Wagner für den Rest des
Tages ihrer Buchhandlung. Und Bruno flog heim zu seiner Hermine.

***

Die hatte auch schon lange auf ihn gewartet. Voller Ungeduld saß sie auf dem "Balkon-Sims", jenem schmalen
Felsvorsprung vor der Wohnhöhle. Zum Einen war sie
neugierig auf die sicher wieder interessanten Neuigkeiten
aus der Stadt, und zum Anderen konnte auch sie mit interessanten, ja schon eher bedrohlichen Neuigkeiten auf-
warten. Nein, was sie in den letzten Stunden nicht alles
erlebt hatte!

Kaum war ihr Bruno auf seinem Ast gelandet, da pur-
zelten ihr auch schon – wie überreifes Obst vom Baum –
die neuesten Meldungen aus dem krummen Schnabel. Sie
konnte sich nicht mehr zurückhalten, musste ihm gleich
alles erzählen, was sich hier im Wald seit Stunden zugetragen hatte. Bruno folgte mit wachsender Aufmersamkeit
ihrem zum Teil recht aufgeregt und überhastet vorgetra-
genen Bericht. Menschen wären durchs Unterholz ge-
schlichen und hätten immer wieder nach oben ins Geäst

der Bäume geschaut. Manche wären ganz nahe gewesen. Sie hätte regelrecht Angst gehabt und sich paar Mal verstecken müssen, um nicht entdeckt zu werden. Schlimm!

Mine war gerade mit ihrem Bericht fertig, als Udo und Fine angeflogen kamen. Fine landete neben Mine und Udo neben seinem Bruder auf dem Ast. Beide waren genauso aufgeregt wie Brunos Mine. Auch sie hatten die zum Teil mit Getöse durch den Wald stolpernden Männer, "bewaffnet" mit Fernglas, Foto- und Videokamera, gesehen. Als der Erste in einiger Entfernung aufgetaucht wäre, hätten sie sofort ihren hohlen Wohnbaum verlassen und sich getrennt in den zerzausten Wipfeln zweier alter Fichten versteckt.

"Wen die wohl suchen?", wollte Udo wissen. "Wen wohl? *Mich* natürlich!", klärte Bruno die Drei auf. Und dann erzählte er ihnen in groben Zügen, was sich seit gestern alles, mit ihm als Hauptperson, zugetragen hatte. Vor allem der Bericht in der bekannten Boulevardzeitung hätte sehr viel Aufsehen erregt und nun gar diese kleine Invasion in den Wäldern rund um die inzwischen durch ihn in aller Welt bekannt, ja berühmt gewordene Provinzstadt ausgelöst.

Jetzt war es also so weit, wie Regina schon befürchtet hatte, als Bruno von seinem ersten Weltraum-"Spaziergang" zurückgekehrt war und unter Anderem erzählt hatte, er wäre wahrscheinlich auf dem Mars fotografiert worden. Das würde eine Lawine auslösen und alle möglichen (und unmöglichen) Leute veranlassen, auf der Suche nach dem "Wohnsitz" des "ausgeflippten" Uhus die Wälder

der Umgebung unsicher zu machen.

Förster und Jagdaufseher hatten alle Hände voll zu tun, um größere Beunruhigungen des Wilds zu vermeiden. Die umherstreunenden nur schlicht neugierigen und sensationslüsternen Störenfriede hielten sich ja ebenso wenig an die offiziellen Wege wie die zum Teil mit schwerem "Gerät" bepackten Medien-Menschen. Alle trampelten sie kreuz und quer und vieles nieder. Ein paar ganz unbelehrbar Rücksichtslose mussten sogar mit einer Anzeige rechnen!

Unvorstellbar, was geschehen wäre, wenn die Forstleute, die ja die Standorte der Uhus im Wesentlichen kannten, nicht eisern den Mund gehalten hätten ...! Ein Jagdaufseher und begeisterter Hobby-Ornithologe unter ihnen, der wusste sogar ganz genau, wo sich die Wohnhöhle von Bruno und Hermine befand. Brunos Lieblingsast kannte er natürlich auch. Wie oft hatte er nicht schon von einem gut getarnten Versteck aus die beiden Uhus mit dem Spektiv beobachtet und sich immer wieder gefreut, diese prächtigen Vögel entdeckt zu haben! Eines wusste er allerdings nicht, nämlich, dass es sich bei dem einen der beiden Uhus tatsächlich um den berühmten Bruno Bubo aus der Zeitung handelte. Er sollte sich doch mal mit Regina unterhalten. Die Buchhändlerin vom Markt war ja eine Schulkameradin von ihm. Vielleicht konnte er über sie jenes außergewöhnliche Exemplar eines Uhus persönlich kennen lernen? Er würde aus gutem Grund selbstverständlich auf keinen Fall jemandem davon auch nur ein Sterbenswörtchen erzählen. Schließlich gehörte er zu denen, die sich auch für den Vogel*schutz* einsetzen. Aus Erfahrung wusste er nur zu gut, was passiert oder zumindest passieren *kann*, wenn beispielsweise bekannt wird, wo das Gelege einer seltenen Vogelart zu finden ist. Dann könnte es wohl nur ein glücklicher Zufall sein, wenn der Vogel angesichts störender Fotografen und Filmer seine Brut durchbrächte, falls ihm nicht schon vorher bestimmte Zeitgenossen die Eier aus dem Nest genommen hätten.

***

Beim nächsten Treffen mit Regina, wie üblich im Atelier unterm Dach, wartete ein Stapel Neuigkeiten auf Bruno. Ein namhafter Verleger hatte angerufen und vorgeschlagen, mit dem elitären Uhu ein Buch zu machen. Dies könne für alle Beteiligten nur von Vorteil sein, denn das Buch würde garantiert ein Bestseller! Der Einzige, der außer Ruhm und Ehre nicht groß was davon hätte, wäre gewiss die Hauptperson, der Uhu selber. Aber dem wäre das ja wohl egal, da er mit Geld sowieso nichts anfangen könne.

"Und was haben Sie dem Mann gesagt, Regina?", wollte der Uhu wissen. "Ich habe dem Verleger gesagt, dass es für ein Buch sicherlich noch zu früh wäre, weil Sie doch die wichtigste und sensationellste Unternehmung noch vor sich hätten. Was das denn für eine Unternehmung sei, wollte er wissen. Aber das habe ich ihm natürlich nicht verraten."

"Ja, und was gab's sonst noch?" "Eine ganze Menge noch, mein lieber Bruno. Wen wundert's? Bei dem Bekanntheitsgrad, den Sie jetzt besitzen! Die meisten Leute, die angerufen haben – ich bin ja heute Morgen vom Telefon fast nicht weggekommen –, habe ich durchweg abgewimmelt oder auf einen späteren Zeitpunkt vertröstet. Es haben ja Leute aller möglichen Fachrichtungen, so will ich es mal ausdrücken, angerufen: Medienleute von Presse, Funk und Fernsehen, ein Fach- und zwei Hobby-Ornithologen, der Chef einer Sternwarte, der Vorstand eines Amateur-Astronomen-Vereins und dann auch noch ein Biologie-Lehrer von einem Gymnasium. Aber der "Allerschönste" war ein Mensch von einem Planetarium. Der wollte Sie doch allen Ernstes im Planetarium unter dem projizierten Sternenhimmel umherfliegen lassen, damit die Zuschauer die Illusion hätten, Sie flögen tatsächlich im Weltall herum. Ich kann zu des Mannes Gunsten nur hoffen, dass es schlicht ein Witzbold war. Sonst könnte ich über diesen so genannten Gag wirklich nicht lachen!"

Um das Maß der Telefonate voll zu machen: Es läutete schon wieder! Regina meldete sich. Eine ihrer Verkäuferinnen war dran. "Ja, danke! Ich komme gleich und hole es ab. Von wem ist es?", kleine Pause und dann: "Aha? Ohoo!!" "Was bedeutet das "Aha-ohooh?", fragte Bruno. "Erstaunen oder so etwas Ähnliches. Auf jeden Fall, es ist ein Fax aus den USA eingegangen! Und von keinem Geringeren als der amerikanischen Weltraumbehörde! Das sind sicher die Gentlemen, die Sie auf dem Mars von ihrem Mars-Mobil haben fotografieren lassen. Na, da bin ich ja mal gespannt!" Und schon war sie weg.

Nach einer Weile kam sie wieder, aber nur, um ihm zu

sagen, er möchte sich doch bitte eine halbe Stunde oder auch ein bisschen länger gedulden. Sie hätte den Vertreter eines Verlages unten. Der wäre angemeldet gewesen. An den Termin hätte sie aber gar nicht mehr gedacht. "Das Fax ist übrigens sehr lang. Ich hab's noch nicht gelesen. Machen wir nachher. Bis gleich!" "Kein Problem! Das Geschäft geht vor!" Mehr konnte Bruno nicht sagen, denn schon war sie wieder verschwunden.

Bruno benutzte die unverhoffte Pause zunächst einmal zu einigen Flugrunden im saalartigen Atelier. Auch Uhus kann es schließlich nicht schaden, wenn sie nicht nur herumhocken, sondern zwischendurch ein wenig Gymnastik treiben. Dann landete er auf der Lehne des Stuhls vor der Staffelei mit dem Bild, das er wieder lange und gründlich betrachtete. Es war jetzt fertig, und Bruno fand es hervorragend gemalt. Regina hatte viel Talent von ihrem Vater geerbt, der ein echter Könner gewesen war!

Bruno versenkte sich förmlich in das Bild mit dem Uhu und den Dunkelwolkentürmen des Adlernebels im Sternbild Schlange. Die sahen aus wie ein adlerartiges Fabelwesen (was ja auch zum Namen des Nebels führte) aus einem unheimlichen Märchen. Wie der Uhu schon zusammen mit Regina aus der Fachliteratur gelernt hatte, besteht der Adlernebel aus Staub und Gas. Von dem französischen Astronomen Charles Messier wurde der Nebel bereits im 18. Jahrhundert entdeckt. Es war das 16. Himmelsobjekt, das er mit seinem Fernrohr gefunden hatte und daher die Katalogbezeichnung "M 16" erhielt.

Was Bruno aber an dem Bild am meisten faszinierte,

das war der von Regina gekonnt gemalte Uhu. Und je länger er diesen betrachtete, umso mehr war er überzeugt, sein exaktes Ebenbild vor sich zu haben. Als Vorlage hatte ganz bestimmt das von Schreiber "geschossene" und in den "Stadtnachrichten" abgedruckte Foto gedient.

Als Bruno eine ganze Weile sein gemaltes Ebenbild akribisch gemustert, dann jedoch für einen kurzen Augenblick weggeschaut hatte, spürte er plötzlich, dass an dem Bild irgendetwas anders geworden war. Aber was? Bruno sah noch einmal ganz genau hin. Ja! Das war's! Oder? Doch, das war's! Der eine Augendeckel seines Ebenbildes war auf einmal halb heruntergelassen! Und überhaupt hatte er den Eindruck, der auf dem Bild blicke ihn wirklich an wie ein leibhaftiger Uhu und nicht wie ein gemalter. Sah er schon Gespenster? Mitnichten! Denn jetzt fing der Bursche auch noch zu sprechen an!

"Du kannst mich so lange anstarren, wie du willst: Du hast Recht, wenn du – was aus deinem Blick abzulesen ist – , glaubst, dein Ebenbild vor dir zu haben. Ich bin sicher, dein *Zweites Ich* zu sein! Wir Beide sind eins, nur in zwei verschiedenen Hüllen. Ja, so könnte man sagen." "Moment!", gab Bruno zu bedenken, "wie soll ich denn das verstehen? Also, wenn du schon zu philosophieren beginnst, so kann ich nur sagen, dass ich ein Produkt der Schöpfung bin und du nur gemalt. Das Einzige, was mich irritiert, ist deine Fähigkeit zu sprechen, obendrein sogar Deutsch wie ich und nicht nur die Sprache der Uhus. Außerdem kannst du, wie ich festgestellt habe, deine Augenlider bewegen. Aber du bist fest in diesem Bild verankert und kannst nicht fliegen wie ich."

"Irrtum!", widersprach der gemalte Uhu entschieden, "doch der Reihe nach! Wenn du also, im großen, ursächlichen Zusammenhang betrachtet, ein Produkt der Schöpfung bist, dann bin ich das eigentlich auch. Denn so wie du Vater und Mutter zu deiner Existenz gebraucht hast, war es bei mir die Malerin Regina Wagner. Deren über ihren Vater ursächlich von der Schöpfung geerbte Veranlagung hat sie befähigt, mich mit Pinsel und Farbe derart lebensecht abzubilden, dass ich wirklich lebe und mich niemand davon abhalten kann, dieses Gemälde nach Belieben zu verlassen und zu ihm zurückzukehren. Einverstanden mit diesen tiefschürfenden Gedanken einschließlich meiner Schlussfolgerungen, Bruno?" "Kann mich deiner Argumentation nicht ganz verschließen", musste Bruno zugeben, "obwohl da schon eine ordentliche Portion Sophisterei enthalten ist. Aber was soll's? Wenn du mir zeigst, dass du wirklich fliegen kannst, will ich meine Bedenken vergessen." "Gut so!", meinte das gemalte Produkt der Schöpfung, "und jetzt aufgepasst!"

Bruno starrte aufs Äußerste gespannt auf das Bild. Es dauerte nur wenige Sekunden, bis sich ein leises Knistern und Knacken vernehmen ließ. Brunos Ebenbild löste sich entlang den Konturen aus dem Bild heraus und taumelte wie ein welkes Blatt im Herbst zu Boden. "Nennst du das fliegen?", fragte Bruno. "Abwarten!", kam es vom Boden herauf, "das klappt schon! Hat bisher immer funktioniert, seit ich fertig gemalt bin."

Und siehe da, es funktionierte tatsächlich! Im Handumdrehen entstand aus dem "welken Blatt" ein prächtiger, dreidimensionaler, leibhaftiger Uhu! "Aber wachsen solltest du noch", bemängelte Bruno, "so klein wie auf dem Bild bist du eher ein Steinkauz als ein Uhu." Doch jener hielt eine verbale Antwort schlicht für überflüssig, Denn schon Sekunden später *war* er so groß wie ein Uhu!

Bruno guckte erst einmal erstaunt "aus der Wäsche", bevor er beifällig bemerkte: "So gefällst du mir schon viel besser. Und ich muss zugeben, jetzt siehst du wirklich aus wie mein *Zweites Ich*! Also werde ich dich *Zweitbruno* nennen. Einverstanden?" "Einverstanden, Bruno."

Zweitbruno flog auf und setzte sich neben Bruno auf die Stuhllehne. Beide schauten sie zum Bild hinüber, auf dem statt des gemalten Uhus nur noch ein trister schwarzer Fleck mit den *Konturen* eines Uhus zu sehen war. Bruno meinte erst, es sei ein Loch. Aber sein *Zweites Ich* klärte ihn auf. Es hätte sich ja lediglich die Farbschicht an der Stelle abgelöst. Und jetzt käme der schwarze Grund durch, auf den das Bild gemalt sei.

Nachdem das geklärt war, blieben für Bruno aber immer noch Fragen unbeantwortet im Zusammenhang mit dem ihm so unverhofft im wahrsten Sinne des Wortes *zugefallenen* Zweiten Ich. Da musste er freilich erst einmal seine Fragen *stellen*, was er nun auch gleich in die Tat umsetzte.

"Wenn du schon glaubst, mein Ebenbild zu sein: Interessierst du dich für Astronomie?" Zweitbruno antwortete ohne zu zögern: "Ja, natürlich! In Astronomie kenne ich mich recht gut aus. Von euren astronomischen Studien habe ich viel mitbekommen und mir eingeprägt. Genau wie du, Bruno." "Das gibt's doch nicht!", musste Bruno energisch einwenden, "du warst doch gar nicht dabei. Regina hat dich doch erst später gemalt. Vorher gab es dich schlicht und ergreifend überhaupt noch gar nicht!"

Hier wiederum musste Brunos Ebenbild heftig widersprechen. Schon lange bevor Regina das Bild zu malen begonnen hatte, hätte er samt dem Adlernebel in einem Winkel ihres Gehirns herumgespukt. Sie wäre gewissermaßen schon lange mit dem Bild und somit auch mit ihm "schwanger" gegangen, wie's nicht nur bei Künstlern so schön heißt. Und falls er ihm nicht glaube, so könne er ihn ja abfragen auf dem Gebiet der Astronomie.

Bruno gab es auf, seinem *Zweiten Ich* zu misstrauen, war aber mit den Fragen noch nicht am Ende. "Weißt du, was ein *Gedankensprung* ist?" "Kommt darauf an, welcher gemeint ist, der normale oder deiner. Aber eigentlich völlig 'Wurscht', ich kenne sowieso beide, auch deinen *Gedankensprung*, als Fortbewegungsmittel. Den beherrsche ich auch. Hab's hier im Raum schon ausprobiert, genau wie du. Bei der Gelegenheit habe ich übrigens noch eine zweite Möglichkeit der Fortbewegung entdeckt, die schneller ist als die Lichtgeschwindigkeit – viel schneller! Es handelt sich um das Fliegen auf den *Flügeln der Fantasie.*" "Wie bist du denn darauf gekommen?", wollte Bruno wissen. "Es war ganz einfach die logische Konsequenz aus der Tatsache, in gewissem Sinne – trotz naturalistisch-realistischer malerischer Darstellung – auch ein Produkt der Fantasie zu sein. Wieso also, fragte ich mich, sollte ein Fantasie-Gebilde mit Flügeln sich nicht auf den *Flügeln der Fantasie* fortbewegen können? Auch das habe ich schon, in der Kürze der Zeit meiner Existenz, ausprobiert. Mit Erfolg! Dabei musste ich allerdings einen, zumindest relativen, Unterschied zum *Gedankensprung* feststellen. Bei deiner Methode verlässt du deinen Standort, um dich praktisch verzögerungsfrei an den anderen, von dir gedachten Ort zu versetzen. Auf den *Flügeln der Fantasie* jedoch hast du eher den Eindruck, der Ort oder alles Andere, was du dir in deiner Fantasie als Ziel vorstellst, kommt zu dir. Du brauchst vorher nur *einmal* deine Flügel auszubreiten, mehr nicht." "Mag sein, mein Lieber, aber im Grunde ist's graue Theorie. Ob hin oder her, Hauptsache, ich bin da, wo ich hin will!"

Trotz dieser Meinungsunterschiede kam Bruno aus dem Staunen nicht mehr heraus. Der quasi aus dem Bild (Rahmen war ja noch keiner drum) gefallene Uhu schien wahrhaftig – vor allem was das logische Denkvermögen betraf – (fast) exakt sein Ebenbild zu sein, wenigstens so eine Art Zwillingsbruder! Den sollte er vielleicht mal seiner "Sippe" vorstellen. Oder? Doch der konnte offensichtlich Gedanken lesen, denn ungefragt meinte er: "Wohl lieber nicht, die würden das doch nicht begreifen – Udo vielleicht. Mine und Fine würden sicher unisono der Meinung sein, *ein* derart gescheites Familienmitglied sei wohl genug, ein zweites dieser Art schlicht überflüssig! Noch dazu einer, der aus einem gemalten Bild gefallen und dann lebendig geworden sein soll!? Alles Blödsinn, würden die denken! Also, lieber nicht, Bruno!" Der kriegte seinen

Schnabel nicht mehr zu, und seine Federohren standen auf "Sturm", so perplex war er! Jetzt war für ihn endgültig bewiesen, dass der "Kerl" neben ihm – mit winzigen Abstrichen – auch er, Bruno, selber war. Woher sollte der sonst auch von Mine, Fine und Udo wissen? Es war geradezu unglaublich!

Mit solchen Gedanken und Erkenntnissen beschäftigt, saßen Bruno und Zweitbruno einträchtig nebeneinander auf der Lehne des Stuhls, den Regina vorsorglich in Eulen gemäßem Sichtabstand gegenüber der Staffelei mit dem Bild aufgestellt hatte. Nach einer Zeit gemeinsamer Nachdenklichkeit unterbrach Bruno das Schweigen. Er hatte noch eine Frage, die ihm keine Ruhe ließ.

Also fragte Bruno: "Kannst du dir vorstellen, dass die Sache mit den *Flügeln der Fantasie* auch bei mir funktioniert, wo ich doch ein *Natur*-Produkt der Schöpfung bin und keines der Fantasie?" Zweitbruno überlegte nicht lange: "Das weiß ich nicht." Endlich mal etwas, was der nicht weiß, dachte Bruno im Stillen und schlug vor, die Sache praktisch auszuprobieren. Seine "Zweitausgabe" war sofort einverstanden.

Zuerst musste es Bruno allein versuchen, doch es ging daneben. Das heißt, es passierte überhaupt nichts, obwohl er sich in seiner Fantasie ein Ziel – den Tisch da hinten an der Wand – vorgestellt und seine Schwingen kurz ausgebreitet hatte. Es passierte nichts! "Das war's wohl", meinte Bruno. Zweitbruno jedoch sah noch eine Alternative.

"Jetzt gibt es nur noch die Möglichkeit, dass ich dich auf meinen Flügeln mitnehme. Das müsste wohl gehen.

Zu diesem Zweck stellst du dich am Besten auf meine Schultern, da wo die Flügel ansetzen, ein Bein links vom Kopf, eins rechts davon. Klar?" "Na klar!", bestätigte Bruno, "und wo fliegen wir hin?" "Verrate ich nicht. Soll eine Überraschung sein – wenn's klappt ...", kam die lapidare Auskunft, "also, auf geht's!"

Bruno tat, wie Zweitbruno ihm geheißen. Und ohne auch nur das geringste an Bewegung zu spüren, hatten sie sich doch bewegt! Im Atelier waren sie jedenfalls nicht mehr! Aber – wo waren Sie dann?

***

Kaum hatten die Beiden das Atelier auf den *Flügeln der Fantasie* geräuschlos und viel schneller als das Licht verlassen, ging die Tür auf und Regina kam zurück. In der Hand hielt sie das Fax von der amerikanischen Weltraumbehörde NASA, um es Bruno vorzulesen und mit ihm durchzusprechen. Sie schaute sich um und suchte Bruno. Ja, wo steckte er denn? "Bruno?", rief sie. Es kam keine Antwort! Vielleicht war er kurz in den Stadtgarten geflogen? Das Fenster stand ja offen. Schließlich, sagte sie sich, muss es nicht gerade besonders unterhaltsam sein, so lange hier drinnen herumzuhocken und auf eine gewisse Regina Wagner zu warten ...

Er wird schon bald wieder da sein, dachte sie, setzte sich auf den Stuhl bei der Staffelei mit dem Bild und fing an, sich intensiv mit dem Fax zu befassen. Als sie aber zwischendurch einmal kurz aufblickte, wurde sie blass!

133

Ihr Blick hatte das Bild gestreift. Nur flüchtig. Doch das genügte! Nicht nur Bruno war weg – auch der von ihr gemalte Uhu auf dem Bild!!

Regina stand auf und ging zur Staffelei, um sich den "Fall" aus der Nähe zu besehen. Ja, das gab's doch nicht! Die Farbschicht, die den Uhu darstellte, hatte sich vom Bildgrund gelöst und spurlos davongemacht! Wenn die sich aber wirklich nur von selber abgelöst hatte, müsste sie ja am Boden liegen. Da lag aber nichts!!

In Reginas Kopf führten die Gedanken wilde Tänze auf. Was war geschehen? Hatte jemand den gemalten Uhu abgelöst und mitgenommen? Und Bruno gleich mit? Aber wer sollte das getan haben? Und wie war er hereingekommen? Und wie konnte er Bruno einfangen? Das war doch alles nicht möglich!?

Wäre der Betreffende durchs offene Fenster hereingekommen, hätte er Fassadenkletterer sein müssen, der jedoch jetzt, am hellichten Tag, garantiert aufgefallen wäre. Und durch die Tür ging es ebenfalls nicht. Von außen ließ sie sich nicht aufklinken, da war nur ein fester Kugelgriff. Ohne Schlüssel ging da nix! Es sei denn, man knackte das Schloss. Da aber, wie Regina sich überzeugen konnte, an dem Schloss nicht manipuliert worden war, blieben alle sich ihr in dieser mysteriösen Situation aufdrängenden Fragen ohne Antwort! Und wenn sie die Polizei verständigte, würde sicher nur unnütz Staub aufgewirbelt. Sie musste sich erst einmal in Geduld fassen und abwarten. Vielleicht hatte sich Bruno auch nur einen Scherz erlaubt, den gemalten Uhu – wie, konnte sie sich zwar nicht vorstellen – fein säuberlich aus dem Bild gepickt, um seiner Mine zu zeigen, wie exakt "seine" Buchhändlerin in der Stadt einen Uhu malen könne. Wenngleich solche Gedanken mit Sicherheit heller Unsinn waren, zutrauen konnte sie Bruno allerdings so etwas schon ...!?

Und da Regina im Augenblick nichts Besseres einfiel, wandte sie sich nun endgültig dem Telefax von der NASA zu, was sie für eine Weile das Verschwinden von Bruno und den leeren Fleck auf dem Bild vergessen ließ. Na ja, also nicht völlig, denn in dem höchst interessanten Fax wurden jede Menge Fragen gestellt, wovon die meisten nur Bruno beantworten konnte.

***

Regina jedoch konnte nicht im Mindesten auch nur ahnen, wo sich Bruno und das gemalte Pendant auf den *Flügeln der Fantasie* zur selben Zeit, als sie das NASA-Fax studierte, herumtrieben!

Zweitbruno hatte auf einmal gemeint, sie hätten das von ihm anvisierte Ziel erreicht. Bruno war also von dessen Schultern abgestiegen. Und nun schwebten sie einträchtig nebeneinander in der Schwerelosigkeit des Weltraums! "Wo sind wir eigentlich?", fragte Bruno, "jetzt kannst du ja mit deiner Überaschung herausrücken." "Wir müssten uns ziemlich im Zentrum des Adlernebels befinden, schlichte 7 000 Lichtjahre von daheim entfernt." "Ja, spinnst du? Das ist doch nie im Leben der M 16? Also, den habe ich mir total anders vorgestellt. Hier ist es ja so düster und dunkel, dass selbst Uhu-Augen kaum etwas sehen!", beklagte sich Bruno.

Zweitbruno war genauso enttäuscht. Auch er hatte sich alles anders vorgestellt. "Weißt du", meinte er, "als exaktes Ziel hatte ich genau die Stelle ausgewählt, die auf Reginas Bild zu sehen ist. Und jetzt dümpeln wir hier in dieser finsteren Staubwolke herum, wo es auch noch unerträglich kalt ist. Ich glaube, wir gehen am besten auf Heimatkurs." Damit war Bruno auf keinen Fall einverstanden.

"Nicht gleich aufgeben, mein Freund!", sagte Bruno entschieden, "zunächst einmal muss ich feststellen, dass es zwischen uns doch gewisse Unterschiede gibt. So ganz *ein* Geist in zwei Hüllen sind wir doch nicht." "Wieso das denn? Wie kommst du denn darauf?" Zweitbruno tat regelrecht beleidigt. "Im Gegensatz zu mir", klärte Bruno seinen Weltraumgefährten auf, "wirfst du viel zu schnell die Flinte ins Korn ...!" "Wohin??", krähte Zweitbruno dazwischen. "...ins *Korn*! Das heißt, du gibst zu schnell auf. Und warum? Weil du die astronomischen, astrophysikalischen und astrochemischen Zusammenhänge nicht so kennst wie ich. Sonst müsstest du wissen, dass die Größenverhältnisse auf Reginas Bild nicht stimmen. Entweder ist der Uhu – und das bist du – auf dem Bild im Verhältnis zu den Dunkelwolkentürmen des Adlernebels viel zu groß oder sind die Dunkelwolkentürme im Verhältnis zum Uhu, also zu dir, viel zu klein." "Und was bringt uns das jetzt?", wagte Zweitbruno die schüchterne Frage.

Bruno indessen brauchte nicht zu antworten. Ein mysteriöses Phänomen nahm ihm die Antwort ab. Die beiden

Uhus vernahmen auf einmal eine *Stimme*, die von fern leise heranwehte, mit Hallraumeffekt ein wenig in der Lautstärke anschwoll, um schließlich wieder in der Ferne undeutlich zu zerflattern. "Wollt ihr etwas sehen, so müsst ihr erst wachsen!", verhieß die Botschaft aus dem Nichts oder besser: aus dem All! "Hast du das gehört?", fragte gleichzeitig und von einer ungewissen Ehrfurcht erfüllt ein Uhu den anderen. "Ja, hab' ich. Und auch verstanden, obwohl es eine ganz fremde Sprache war. Merkwürdig! Was das wohl für eine Sprache gewesen ist?" Da erschien die geheimnisvolle *Stimme* wieder von irgendwoher aus dem interstellaren Staub: "Die Sprache heißt *Ur-Allisch* und ist die Grundlage jeder Kommunikation im Universum. Sie wird nicht nur von Tieren und Pflanzen verstanden. Alles im Kosmos kann diese Sprache verstehen, das kleinste Staubpartikelchen, die Elemente, der Sonnenwind, die Moleküle, die Atome, die Quarks, die Neutrinos ...! Nur die Menschen nicht! Die meisten von ihnen haben sich bereits zu weit von der Schöpfung entfernt. Sie suchen nach der Weltformel, nach dem Ursprung des Alls. Schon der Dichter Goethe war daran interessiert und ließ seinen berühmten Dr. Faustus aussprechen: 'Dass ich erkenne, was die Welt im Innersten zusammenhält'. Sollen sie suchen! Das letzte Geheimnis werden sie doch nicht lüften!"

"Wer sind Sie eigentlich?", traute sich ein tief beeindruckter Bruno Bubo zu erkundigen, "sind Sie nur eine Stimme? Haben Sie keinen Körper?" "Zunächst einmal kannst du mich ruhig duzen. Und nun zu deiner Frage. Es hat wohl keinen Sinn, mit einem Uhu, und sei er noch so intelligent, über mein Erscheinungsbild zu diskutieren. Ich will euch nur eines verraten: Ich bin der Vater der Weltformel und habe diese mit dem Urknall aktiviert und auf die Reise in die Ewigkeit geschickt. Ein technisch geprägter Mensch auf der Erde der Gegenwart verstünde es sicher besser, wenn ich sagte, ich sei der Programmierer des Computer-Programms 'Weltformel' gewesen, eines unvorstellbar gigantischen und komplexen Programms. Es enthält die Geburt von Sternen und Planeten, alle Naturgesetze – und damit auch die von Physik und Chemie – ebenso wie die für Blattschneiderameisen lebenswichtige Anweisung, ganze Urwaldriesen zu entlauben, die Blätter in ihre unterirdischen Gärtnereien zu schleppen, sie zu zerkauen und mit dem dabei entstehenden Mus die Kulturen der Pilze zu düngen, von denen sie ausschließich leben können. Dies nur zwei Beispiele, die zwar extrem weit voneinander entfernt zu sein scheinen und dennoch fest verbunden sind. Denn ohne Sterne und Planeten gäbe es keine Erde und folglich auch keine Blattschneiderameisen. Die Grundbausteine des Universums sind die Elemente. Auch ihr Zwei seid aus Elementen. Und selbst die Luft besteht daraus." So sprach die *Stimme* und fügte rasch, als wolle sie sich gleichsam entschuldigen, hinzu: "Ja, ja, ich weiß, ihr könnt das sicher kaum verstehen."

Die beiden Uhus hatten der *Stimme* andächtig und aufmerksam gelauscht und sich angestrengt bemüht, den für sie doch wahnsinnig komplizierten Erläuterungen wenigstens einigermaßen zu folgen.

Nach einer kurzen Pause der absoluten Stille ließ sich

die *Stimme* wieder hören: "Jetzt was ganz anderes: Wie wie habt ihr eigentlich die Entfernung von 7 000 Lichtjahren hierher geschafft? Wie habt ihr Einsteins Schlussfolgerung aus dem Weltformel-Programm, das Schnellste im All sei die Lichtgeschwindigkeit, derart unterbieten können, um lebend hier anzukommen? Wer lebt schon 7 000 Jahre?"

Bruno wollte der *Stimme* nun erzählen, wie alles angefangen hatte, mit seinem Interesse für die Sterne und ... Da unterbrach die *Stimme* und meinte, das wisse sie alles, er solle ihr nur sagen, mit welchem Antrieb sie hierher geflogen wären. Ja, erklärte Bruno, bei dem Bemühen, den Traum vom Flug zum Adlernebel in die Tat umzusetzen, hätte er per Zufall den *Gedankensprung* als fast verzögerungsfreie Fortbewegung von einem Ort zum anderen, egal wie weit voneinander entfernt, entdeckt. Sein Gefährte erreiche denselben Effekt auf seinen *Flügeln der Fantasie*. Auf denen wären sie übrigens auch hierhergekommen. Sie beide wüssten ja sehr wohl, dass bei derart großen Distanzen im Hinblick auf die Lebenserwartung eines Uhus und auch eines Menschen die Lichtgeschwindigkeit viel zu langsam sei.

Als Bruno geendet hatte, meldete sich die *Stimme* wieder, diesmal sehr leise. Und plötzlich, was Bruno und Zweitbruno bisher noch gar nicht bewusst geworden war, hatten sie den unbestimmten Eindruck, die *Stimme* spreche *in* ihnen und komme überhaupt nicht von außen! Ganz sicher waren sie sich freilich nicht, und beide sahen sich drum fragend an. Auf jeden Fall jedoch waren sie sich einig, dass die *Stimme*, die sich "Vater der Weltformel" nannte, schon ein merkwürdiges Phänomen war ...!

Und was die *Stimme* ihnen jetzt zu sagen hatte, war sicherlich noch phänomenaler! Denn sie bat Bruno, nicht zu erschrecken, wenn er in Kürze ins Riesenhafte – so gigantisch könne er sich das gar nicht vorstellen – wachsen würde. Das hätte natürlich einen triftigen Grund. Schließlich wolle er ihm einen sehnlichen Wunsch erfüllen.

"Welchen Wunsch?", fragte Bruno vorsichtig, "mein Wunsch, einmal in meinem Leben im Adlernebel zu sein, ist ja schon erfüllt." "Sicher", meinte die *Stimme*, "aber außer Staub habt ihr beide ja noch nichts gesehen. Wenn ihr das nach eurer Rückkehr auf die Erde schildern würdet, lachte man euch nur aus. Wo es doch die tollsten Fotos, zum Beispiel vom Hubble-Teleskop aufgenommen, gibt! Oder?"

Da konnten Bruno und sein Zweites Ich natürlich nicht anders, als der *Stimme*, die wahrlich einem – fast – allwissenden Phänomen gehören musste, Recht zu geben. "Ja, und was hast du mit mir vor?", erkundigte sich Bruno, "und was wird mit meinem Gefährten?" "Dich werde ich, wie gesagt, wachsen lassen, und zwar so, dass du größenmäßig zu den Dunkelwolkentürmen des Adlernebels passt. Wie ihr ja schon wisst – zumindest du, Bruno –, bestehen diese turm- oder säulenartigen Gebilde aus interstellarem Staub. Und da ihr euch seit eurer Ankunft als winzige Punkte, kaum größer als ein einziges Staubpartikel, mitten in den dunklen Staubwolken eines dieser Türme befindet, könnt ihr auch nichts von der bizarren

Schönheit dieses gewaltigen, einem Adler ähnlichen Fabelwesens sehen. Und da auch kein Fixstern in der Nähe steht, empfindet ihr hier alles so düster. Vor allem ist es hier so extrem kalt, dass ihr ohne die schützende, aber unsichtbare Hülle, mit der ich euch gleich bei eurer Ankunft umgeben habe, schon längst erfroren wärt. Aber das nur nebenbei. Also, dich, Bruno, lasse ich wachsen und dir", damit wandte sie sich an Zweitbruno, "schicke ich einen kleinen, einer Kartoffel nicht unähnlichen Brocken, aus dem in einigen Millionen Jahren vielleicht mal ein Planet wird. Jetzt habe ich ihm erst einmal die Aufgabe zugewiesen, dir als Taxi zu dienen. Er wird dich an einen Punkt bringen, von dem aus du den kompletten Adlernebel überblicken kannst – mit deinem Bruno auf einem Seitenast der imposanten Dunkelwolkentürme, wie auf Reginas Gemälde. Wie ihr dann, nachdem ihr euch satt gesehen habt, wieder zur Erde zurückkommt, wisst ihr ja. Der Eine kann auf den *Flügeln der Fantasie* fliegen und der Andere seinen *Gedankensprung* einsetzen. Mit diesen beiden fast verzögerungsfrei arbeitenden Antriebs- und Fortbewegungsmöglichkeiten auf rein geistiger Basis seid ihr dem Forscherdrang der Menschheit um Längen voraus! Und dabei wisst ihr noch nicht einmal, wie's funktioniert! Da hat euch doch gleich zweimal ein genialer Zufall beigestanden! Seht ihr, das Programm 'Weltformel' – man kann es auch 'Schöpfung' nennen – bietet eben zahllose Möglichkeiten. Und wenn die Schöpfung will, wird selbst Unmögliches möglich. In dem Zusammenhang fällt mir gerade noch etwas ein, was euch interessieren wird, weil es doch so unmöglich erscheint. Da ihr die riesige Entfernung von der Erde bis hierher ohne Zeitverzögerung überwunden habt, ergibt sich folgende Überlegung: Wenn ich dich nachher, Bruno, zwischen die Dunkelwolkentürme gesetzt habe, können die von der NASA dich heute nicht fotografieren wie unlängst, als du auf dem Mars warst." "Wieso nicht?", fragte Bruno, ohne groß zu überlegen, dazwischen. "Weil du im 7 000 Lichtjahre entfernten Adlernebel sitzt, ist das Foto erst in 7 000 Jahren möglich! Denn so lange braucht das Licht, das heute hier abgeht, bis es die Erde erreicht! Dann bist du längst tot, und der der damit verbundene Medienrummel kann dir schon heute völlig egal sein. Oder? Du hast das doch bei deiner Buchhändlerin gelernt? Schon vergessen?"

"Ja, natürlich, du hast Recht!" Bruno war ganz geknickt. Aber die *Stimme* richtete ihn gleich wieder auf, indem sie sprach: "Wenn du dir aber einen Spaß machen willst, kannst du nach deiner Rückkehr die bewusste Boulevardzeitung davon in Kenntnis setzen, sie könnten in 7 000 Jahren ein sensationelles Foto schiessen ...! Und dann kannst du ihnen ja erklären, warum das kein Witz ist und du sie nicht auf den Arm nehmen willst."

Für eine Weile herrschte atemlose, fast beängstigende Stille, bis sich die *Stimme* noch einmal hören ließ: "Und übrigens: Solltet ihr Hunger bekommen, ganz einfach den Schnabel aufgemacht und den Staub geschluckt. Der besteht aus feinen Elementen und ist sehr nahrhaft."

Damit verstummte die geheimnisvolle *Stimme* endgültig und meldete sich auch nicht mehr, als die beiden Uhus sich für die frohe Botschaft und die lehrreiche "Predigt" bedankten.

Bruno war die Allwissenheit der *Stimme* schon ein wenig unheimlich. Wenn sie auch glaubwürdig versicherte, der Vater der Weltformel zu sein, so war es doch sehr erstaunlich, dass sie zum Beispiel sogar wusste, wie Reginas Bild aussah oder dass er, Bruno Bubo, unlängst auf dem Mars gewesen war? Was ist denn schon ein Uhu im All? Ein Punkt! Mehr nicht! Astrophysiker und Kosmologen allerdings haben eine bessere Meinung von einem Punkt. Für sie ist ein Punkt eine *Singularität*. Der Urknall wäre auch so eine Singularität gewesen. Na gut, dachte Bruno, aber was ist schon ein Uhu gegen den Urknall?

Da musste er mal mit Regina reden. Als gebildeter "Bücherwurm" konnte die ihm vielleicht sagen, ob das, was die Menschen den "Allmächtigen" nennen, tatsächlich alles weiß und sich um jede Winzigkeit kümmern muss, die in seinem Reich, dem Universum, passiert. Wenigstens *fast* alles, berichtigte sich Bruno in Gedanken. Sonst hätte die mysteriöse *Stimme* ja nicht zu fragen brauchen, mit welchem Antrieb sie beide hierher geflogen wären. Dann hätte sie's ja sowieso schon gewusst!

Ein "Fahrstuhl" riss Bruno unsanft aus seinen Überlegungen und Spekulationen! Jedenfalls glaubte er sich in einem, obwohl er noch nie Fahrstuhl gefahren war. Aber so musste es wohl sein, dachte er. Im Grunde genommen wusste er jedoch überhaupt nicht, was in diesem Augenblick, und im nächsten auch, mit ihm geschah.

Was er allerdings bald bemerkte: Es wurde immer heller um ihn. Und auch wärmer, was er sogar durch die ihm von der *Stimme* "verpasste" Schutzhülle" spürte. Draußen musste es wahrlich heiß hergehen. Das lag an den Fixsternen, diesen zahllosen, wahnsinnig heißen Gasbällen überall im Raum, vor allen Dingen an denen ganz in der Nähe. Die *Stimme* hatte ihn zwischen zwei der drei mächtigen Türme platziert, die durch blaugrün leuchtende Sphäre bis in die schwarze Unendlichkeit hineinragten. Die bizarren Türme oder Säulen bestanden aus waberndem dunkelrotbraunem und schwarzbraunem Staub. Zwischendurch zischte und fauchte es, wenn an verschiedenen Stellen, vor allem auf den "Gipfeln", gelb leuchtendes Gas aus den Staubmassen herausschoss. Ein Feuerwerk von unvorstellbar faszinierenden Dimensionen!

Was Bruno noch feststellte: Er schwebte nicht mehr in der Schwerelosigkeit, er hatte "festen Boden" unter den Füßen. Eigentlich war es bloß ein knorriges, astartiges Gebilde aus verklumptem Staub oder was das sonst noch sein mochte. Eins war Bruno auf jeden Fall klar: Er erlebte hier etwas derart Außergewöhnliches, das seine kühnsten Träume und sehnlichsten Wünsche gewaltig übertraf! Und er genoss es in vollen Zügen!

Doch da war noch etwas, das ihm erst allmählich so richtig zum Bewusstsein kam und nach einigem Überlegen ziemlich aus der Fassung brachte. Es war die Frage, wie groß die geheimnisvolle *Stimme* ihn eigentlich hatte wachsen lassen. Eine exakte Antwort konnte er sich nicht geben. Aber er wusste so ungefähr, dass die Dunkelwolkentürme links und rechts von ihm einige Lichtjahre (!)

hoch aufragten, und er war jetzt höchstens ein Drittel kleiner! Also, diese Stimme musste tatsächlich dem allmächtigen Baumeister des Universums gehören! Wer sonst wäre in der Lage, ein so "allerwinzigstes Uhulein" zu einem derartig unvorstellbaren Hyperriesen – gewissermaßen – aufzublasen? Noch dazu, abgesehen von dem vagen Gefühl, in einem Fahrstuhl zu fahren, vollkommen schmerzfrei! Schließlich waren seine Knochen ja nicht aus Gummi, der sich unendlich dehnen lässt – ohne weh zu tun. Es war wirklich unfassbar!

Doch um das Maß seiner Überlegungen förmlich überlaufen zu lassen, fing er nun auch noch zu rechnen an. Dabei wollte er bloß mal herausfinden, wie man wohl jemandem, der sich mit Astronomie noch nie beschäftigt hat, ein einziges "lumpiges" Lichtjahr mit knapp zehn Billionen Kilometern veranschaulichen könnte. Dabei kam er zu einem eindrucksvollen Ergebnis. Nachdem er für unser Sonnensystem einen Durchmesser von rund zwanzig Milliarden Kilometern angesetzt hatte, musste er doch tatsächlich 500 Sonnensysteme fein säuberlich übereinander stapeln, um die Entfernung von nur *einem* Lichtjahr auszufüllen! Nein, dachte Bruno, das könnte sich wohl auch auf diese Art und Weise niemand vorstellen und höchstens zu der "hochinteressanten" Schlussfolgerung verleiten, ein Lichtjahr müsse ja eine Strecke von schier unermesslicher Länge sein ...! An diesem Punkt angekommen, gab Bruno seine Gedankenakrobatik auf und wandte sich stattdessen seiner Umgebung zu.

Außer den wabernden Wolken interstellaren Staubs

gab es da eine ungeahnte Vielfalt an optischen und akkustischen Erscheinungen, die Bruno aus dem Staunen nicht herauskommen ließen. Allein schon das ständige Rumoren und Blitzen in den Dunkelwolkentürmen, was er in überzeugender Naivität doch glatt für die Geburtswehen von Sternen hielt! Aus Reginas Astronomiebüchern wusste er nämlich, dass in diesen Wolken aus dichtem Staub und molekularem Gas möglicherweise neue Sterne "geboren" werden.

Eine Erscheinung fesselte Bruno ganz besonders. Er hatte sie, relativ nahe, auf seiner rechten Seite am Rande einer dichten Staubwolke entdeckt. Auf Anhieb hätte er freilich nicht sagen können, was das sein sollte. Es sah aus wie ein ovales Karussell, so klein wie ein Spielzeug. Aber halt! Jetzt hatte er doch ganz vergessen, dass er inzwischen ins Unermessliche gewachsen war. Das ergab ja total neue Relationen! Dieses "Spielzeug" war also gut und gerne so groß wie unser Sonnensystem, rund zwanzig Milliarden Kilometer im Durchmesser! Ja, und einem solchen Sonnensystem – in der Mitte ein Fixstern, also eine Sonne, und drum herum die Planeten – sah dieses "Karussell" auch recht ähnlich. Nur, so schien es Bruno wenigstens, war es noch nicht ganz fertig. Die hell strahlende junge Sonne im Zentrum konnte er zwar deutlich erkennen, die Planeten aber noch nicht so richtig. Was da um das Zentrum lief, war eher eine ovale Scheibe aus Staub mit unregelmäßig geformten Klumpen dazwischen. Aus denen würden sicher eines fernen Tages schön rundgeschliffene Planeten. Wäre Bruno jetzt von einem Astronomen begleitet gewesen, so würde der angesichts jenes "Karussells", was jeder andere Astrowissenschaftler an seiner Stelle auch getan hätte, wahre Freudentänze aufführen! Hatte er doch noch nie in seinem Leben eine "Akkretionsscheibe" so schön gesehen – wenn überhaupt! Und dann sowieso nicht mit bloßem Auge, einfach so!

Der astronomische Begriff "Akkretionsscheibe" war Bruno während seiner gründlichen Betrachtung des "Karussells" auch eingefallen. So nennen die Astronomen jene äquatoriale Staubscheibe um einen jungen Stern. Sie hat eine wichtige Bedeutung für die Entstehung von Planetensystemen.

Die Ähnlichkeit der in der Staubscheibe umlaufenden Brocken mit ungeschälten Kartoffeln, erinnerte Bruno urplötzlich an Zweitbruno. Dem hatte die *Stimme* doch ein kartoffelähnliches "Taxi" geschickt, um ihn in eine Position zu transportieren, von der aus er den kompletten Adlernebel überschauen könnte. Wo war er denn jetzt? Bruno ließ seinen Kopf kreisen, um nach ihm Ausschau zu halten. Und nachdem, was ihm allerdings bisher noch nicht bewusst geworden war, gleichzeitig mit seinem von der *Stimme* "verordneten" Körperwachstum auch seine Sehkraft enorm gewachsen war, hatte er den "Zwillingsbruder im Geiste" auch bald entdeckt. Ganz weit draußen, bestimmt mehrere Lichtjahre entfernt, hockte er – mickrig winzig – auf dem Gesteins- oder Eisenbrocken (oder was das sonst war ...), der ihn dank höchster Weisung bis dorthin getragen hatte. Dass Bruno ihn jetzt schon sehen konnte, wo er doch Lichtjahre weg war, blieb wohl eines der vielen Geheimnisse der *Stimme*. Schließlich war seit Zweitbrunos Start mit der "Kartoffel" auch nicht viel Zeit vergangen, vielleicht eine Stunde, oder auch zwei, mehr aber auf keinen Fall! So jedenfalls meinte Bruno. Ehrlicherweise hätte er aber zugeben müssen, dass ihm seit seiner Ankunft im Adlernebel das Gefühl für Zeit und Raum weitgehend abhanden gekommen war.

Was Bruno mittlerweile auch ein wenig abhanden gekommen war: die Lust, noch länger hier zwischen diesen Dunkelwolken-Fabelwesen hocken zu bleiben. Er glaubte, hier nun doch schon genug gesehen zu haben. Ihn lockte es jetzt zu Zweitbruno auf die "Kartoffel". Warum sollte er sich nicht auch aus gebührender Entfernung den kompletten M 16 anschauen dürfen? Und das gründlich!

Als er sich schon auf seinen *Gedankensprung* dorthin konzentrieren wollte, stellte sich ihm ein enormes Hindernis in den Weg! Zum Glück fiel ihm das gerade noch zur rechten Zeit ein. Er war ja der Größe nach kein normaler Uhu mehr. Die *Stimme* hatte ihn sicher auf mindestens zwei Lichtjahre wachsen lassen. Mit solchen gigantischen Ausmaßen passte er beim besten Willen nicht zu Zweitbruno auf die "Kartoffel". Und zudem war auch überhaupt nicht sicher, ob sein *Gedankensprung* bei diesem Riesenwuchs funktionierte. Dieses auszuprobieren ließ er auch besser sein. Wer weiß, was er damit ausgelöst hätte. Was also war zu tun? Als sich der von solchen Problemen geplagte Uhu gerade mit seinen dolchartigen Krallen hinter seinem rechten Ohr kratzen wollte, um vielleicht auf diese Art und Weise zu einer brauchbaren Lösung zu kommen, zuckte er vor lauter Schreck derart zusammen, dass die Dunkelwolkentürme fast ins Wanken gerieten ...! Grund für Brunos Schreck war die *Stimme,* die sich plötzlich meldete und ihm verkündete: "Ich mach' das schon! Du wirst gleich wieder so klein sein wie vorher. Und für deinen *Gedankensprung* noch folgender Tipp: Weil du ja nachher wieder in der Staubwolke schwebst und dein Ziel weder siehst noch seine Position kennst, genügt es vollkommen zu denken, dass du zu Zweitbruno willst. Alles klar?" "Ja, danke!", antwortete Bruno.

Das Schrumpfen auf normales Uhu-Maß verlief genauso problemlos und schmerzfrei wie das Wachsen. Nur, es ging viel schneller, ja eigentlich in rasendem Tempo. Bruno konnte den Vorgang sehr anschaulich verfolgen. Denn so schnell, wie er kleiner wurde, so schnell wuchsen die Staubsäulen des Adlernebels ins Unermessliche. Er hatte auch jetzt wieder die Vorstellung, so ein Gefühl müsse man in einem Fahrstuhl haben. Und als es auf einmal vor lauter dichtem Staub wieder dunkel, nach dem Sternenlicht da draußen ja nahezu stockfinster wurde und die Bewegung aufgehört hatte, da wusste er, dass er wieder normale Uhu-Dimensionen hatte. Jetzt aber nichts wie weg, dachte er und wartete gar nicht erst ab, bis seine Augen sich an die Finsternis gewöhnt hatten. Ein "kühner" *Gedankensprung* und schon landete er neben Zweitbruno auf der "Kartoffel" Der Vergleich des unregelmäßig geformten Brockens mit einer Kartoffel gefiel Bruno wirklich sehr gut. Das Ding sah ja auch haargenau so aus. Und wegen der rauhen, runzeligen Oberfläche sogar wie ein ziemlich altes Exemplar. Nur die Größe passte nicht zu einer Kartoffel. Das "Ding" hatte ja an der dicksten Stelle bestimmt gut zehn Meter Durchmesser.

"Da bin ich, mein aus dem Bild gefallener Bruder!", versuchte sich Bruno seinem "Astronauten-Kollegen" gegenüber mit der witzig gemeinten Anrede bemerkbar zu machen. Was zu einem kapitalen Fehlschlag geriet! Der so Angesprochene reagierte leicht geistesabwesend und dennoch bestimmt. "Ruhe!", sagte er, "anschauen und genießen!" "Zu Befehl!", brummelte Bruno und dachte, dass der Kerl wohl ein gar unhöflicher Patron sei. Der aber ließ immer wieder ganz langsam und bedächtig – förmlich im Schneckentempo – seinen Kopf kreisen und ins Genick klappen, damit er auch zum Zenit aufschauen konnte. Auf diese Weise verinnerlichte er sich den M 16, den Adlernebel. Dabei leuchteten seine großen Uhuaugen vor grenzenloser Verzückung! So jedenfalls beurteilte Bruno diese Blicke. Der kann nicht mehr normal sein, dachte er ...

Bis jetzt hatte Bruno nur immer Augen für Zweitbruno und die "Kartoffel" gehabt, auf der sie sich befanden. Als er nun aber selber den Blicken Zweitbrunos folgte, haute es ihn schier um. So hingerissen war er von dem Anblick, der sich ihm bot! Und auch seine Augen verklärten sich vor Staunen und Begeisterung!

Beim Kreisen der Köpfe wollte es plötzlich der Zufall, dass sich die beiden Uhus frontal in die Augen blickten. "Siehst du", meinte Zweitbruno, "vorhin hast du bestimmt gemeint, ich spinne. Jetzt scheinst auch du zu spinnen. Anders kann ich deinen Gesichtsausdruck nicht deuten!

Aber, ist ja auch wahr! So ein unwahrscheinlich schönes Bild, dieser M 16! Wer für so was nur ein klein bisschen Gefühl in sich hat – so wie wir zwei 'Ausrutscher' der Spezies Uhu –, der *muss* einfach anfangen zu spinnen, zumindest einen solchen Eindruck erwecken! Ein Uhu wie du ebenso wie einer, der aus einem gemalten Bild gefallen ist. Ist doch so, oder?"

Bruno konnte nur noch verständnisinnig mit den Augendeckeln "klimpern". Dann versenkte er sich wieder in dieses fantastische, ja spektakuläre Szenario. Genau mitten drin das einem Adler zweifellos recht ähnliche Fabelwesen der Säulen aus dunklem, interstellaren Staub vor einem von weißen, gelben und orangefarbenen Schleiern durchwirkten dunstig blau und grünlich schimmernden Hintergrund. Der innere Teil des Nebels sah geradezu aus wie ein riesiger Ozean. Jenseits der Küsten dieses vermeintlichen Ozeans, quasi "landeinwärts", schwebten noch Reste von schwach leuchtenden, transparenten Girlanden aus grünlichen, orangefarbenen und rotbraunen Schleiern, hinter denen endgültig die Schwärze der Unendlichkeit begann. Und überall in diesem fantastischen Bild, das auch ein genialer Künstler gemalt haben konnte, standen – wie wahllos hingestreut – die unzähligen hell strahlenden Gasbälle der Fixsterne als kleinere und größere leuchtende Scheiben! Farblich betrachtet, entsprach der Nebel live exakt dem Falschfarben-Foto, das er in dem einen Bildband gesehen hatte. Eigentlich hätte das viele Wasserstoffgas rot leuchten müssen. Veranstaltete hier die *Stimme* für die irdischen Besucher etwa eine farbliche

Sonderschau? Ganz egal, es war ein kosmischer Traum!

Bruno wurde es regelrecht schwindlig! Vor allen Dingen, wenn er nur daran dachte, dass er vorhin eben noch dort im Zentrum dieses "Fabel-Adlers" zwischen dem linken und mittleren Dunkelwolkenturm gesessen und mit Sicherheit sogar die Anfänge der Entstehung eines Planetensystems – wie dem unseren – entdeckt hatte!

Von Zweitbruno war er daraufhin überhaupt noch nicht angesprochen worden. "Hör mal", fragte er ihn deshalb, "hast du mich eigentlich nicht gesehen, vorhin, zwischen den beiden Dunkelwolkentürmen?" "Ach, das hab' ich ja ganz vergessen zu sagen, Bruno! Natürlich hab' ich dich gesehen! Zwar ziemlich weit weg und klein, aber toll – trotzdem!" "Das wollte ich auch meinen!", sagte Bruno und war zufrieden.

"Wie lange bleiben wir noch, Bruno?" "Noch eine Weile, nicht mehr lange." "Also gut!", signalisierte Zweitbruno sein Einverständnis. Und beide vertieften sich wieder in das fantastische Erlebnis "Adlernebel", das sich vor ihren Augen und um sie herum ausbreitete.

***

In der Buchhandlung am Markt herrschte reges Leben. Bruno Bubo, der spektakuläre Uhu, trug durch die Folgen seiner Existenz die entscheidende "Schuld" am blühenden Geschäftsgang. Neben den primär verlangten lehrreichen Büchern für Sternegucker liefen auch andere Titel bestens. Und das lag natürlich daran, dass nun auch

Leute bei Regina Wagner ihre Bücher kauften, die vorher zur Stammkundschaft der Konkurrenz gehörten. Es gab ja noch zwei andere Buchhandlungen in der Stadt, denen diese Entwicklung freilich gar nicht recht war. Aber was konnte Regina Wagner dafür, dass ihr ganz unverhofft so ein "liebes Vögelchen" zugeflogen war ...

Seit ein paar Minuten hatte sie Besuch in ihrem Büro. Nein, keinen Astrophysiker oder Kosmologen von einer Weltraumbehörde, einer Universität oder einem Max-Planck-Institut. Am Schreibtisch ihr gegenüber saß Schulkamerad Frank Weber, der Jagdaufseher und Hobby-Ornithologe, von dem schon mal die Rede war, als das neugierige, sensationslüsterne "Volk" durch den Wald "stolperte", um einen Uhu namens Bruno Bubo zu suchen.

"So, so", meinte Regina, "du möchtest also besagten Wunder-Uhu sehen und auch mit ihm sprechen. Ja, gut, aber da kann ich dir zurzeit nur antworten: ich auch!" "Wie soll ich das denn verstehen?" Frank war natürlich enttäuscht. "Ja, so ist es", fuhr Regina fort, "vor drei Tagen ist der Bursche zum letzten Mal bei mir gewesen. Wir waren oben im Atelier. Dann wurde ich per Telefon abgerufen, weil ein Verlagsvertreter gekommen war, den ich, obwohl angemeldet, ganz vergessen hatte. Soweit, so gut. Als ich dann wieder ins Atelier gekommen bin, war Bruno weg, verschwunden! Zuerst dachte ich, na ja, der wird vielleicht vor Langeweile, denn ich war ja bestimmt eine Stunde mit dem Vertreter beschäftigt, ein wenig spazieren geflogen sein ... Aber dann entdeckte ich noch etwas arg Seltsames – also, das muss ich dir zeigen!"

Regina ging kurz in den Laden, um sich bei ihren Verkäuferinnen abzumelden und zu sagen, wo sie erreichbar sei. Dann stieg sie mit ihrem Besucher die Treppe zum Atelier hinauf. "So", sagte Regina, dort angekommen, "da wären wir. Siehst du das Bild dort auf der Staffelei? Ja, halt mal! Was ist *das* denn??" "Was soll denn sein?", fragte ihr Schulkamerad ganz verdutzt.

"Ich glaube, ich werd' verrückt oder ich kann nicht mehr richtig gucken oder irgend so was in der Art!"

Regina war schockiert. Und Frank Weber ratlos, denn noch hatte sie ihm nicht erklärt, weshalb sie derart aus der Fassung geraten war. "Also, nun sag' schon, was passiert ist", drängte er sie. Und nun, nachdem Regina noch einmal tief durchgeschnauft hatte, erfuhr er endlich den Grund der Aufregung.

Vor drei Tagen, als Bruno zum letzten Mal hier gewesen wäre, habe sie also, nachdem jener Vertreter wieder weg war, nicht nur feststellen müssen, dass Bruno spurlos verschwunden war, sondern auch der gemalte Uhu auf ihrem Bild dort auf der Staffelei! Wo vorher der Uhu gewesen wäre, habe nur noch der schwarze Malgrund mit den *Konturen* des Uhus herausgeschaut! Die Farbschicht, die den Uhu darstellte, wäre nicht mehr vorhanden gewesen! Dummerweise könne sie ihm das jetzt natürlich nicht mehr beweisen, der Uhu sei ja wieder da!

"Ich stehe vor einem Rätsel! Und das ist es, was mich derart durcheinander gebracht hat! Verstehst du, Frank?" "Wenn das wirklich alles stimmt, was du da sagst, Regina – und ich glaube dir ja –, dann ist das schon eine sehr mysteriöse Geschichte! Aber da werden wir wohl nie dahinter kommen!?" "Doch!" "Hast du *Doch* gesagt, Regina?" "Ich? Nein, Frank! Ich habe aber auch ein *Doch* gehört." "Ja, wer denn, um Himmels willen, hat's dann gesagt?" "Ich war's!", ließ sich eine Stimme aus einer der hintersten Ecken des Ateliers, wo noch Staffeleien und ein großer Arbeitstisch standen, vernehmen!

Die Stimme gehörte Bruno, der oben auf einer dieser Staffeleien saß. Er war aber unsichtbar, vorsichtshalber. Weil er ja den Besucher nicht kannte, wollte er sich nicht voreilig zeigen.

"Jetzt werde ich heute doch schon zum zweiten Mal verrückt!", rief Regina aus, um, an Frank gewandt, gleich hinzuzufügen, "das kann nur Bruno sein!" "Sie können sich ruhig sehen lassen, Bruno. Das ist mein Schulkamerad Frank Weber, Jagdaufseher und Hobby-Ornithologe. Er möchte Sie gern kennen lernen."

Ein leiser, sanfter Lufthauch, kaum zu hören, mehr zu spüren, und schon hockte Bruno, in seiner ganzen Federpracht sichtbar, auf dem "Gipfel" der Staffelei mit Reginas Bild. "Hallo!", grüßte er von oben herunter (nicht von *oben herab* ...!) mit zu einer Art Lächeln zerknautschtem Gesicht, einem schiefen Schnabel und einem halb heruntergelassenen Augendeckel. So, wie er es halt immer machte, wenn er einem Menschen gegenüber einen besonders freundlichen Eindruck vermitteln wollte.

Frank Weber grüßte freundlich zurück. Er war von dem prächtigen Uhu so entzückt, dass es ihm gar nicht einfiel, sich – noch nicht einmal innerlich – ob dieses ulkigen Lächelns des Herrn Bruno Bubo zu amüsieren. Im Gegenteil! Voll der reinsten Bewunderung blickte er dem Uhu in die großen, klaren Augen mit der leuchtend orangeroten Iris!

Reginas Bewunderung für Bruno hielt sich im Augenblick in Grenzen. Schließlich war er vor drei Tagen spurlos verschwunden, ohne vorher einen "Piepser" von sich zu geben! Bruno konnte den vorwurfsvollen Unterton, in dem sie jetzt zu ihm sprach, nicht überhören. "Schön habe ich's jedenfalls nicht gefunden, ohne eine Wort so lange wegzubleiben. Ich habe mir Sorgen gemacht! Und dass der Uhu auf dem Bild dort mit von der Partie war, ist ja wohl auch Ihr Werk gewesen. Oder? Sicher, Bruno, ich bin nicht Ihr Vormund und habe kein Recht, von Ihnen zu erwarten, über alles, was Sie tun, vorher informiert zu werden – schön wär's aber schon gewesen."

Bruno war das schlechte Gewissen in Person. Sein Gesicht einschließlich einer Augenakrobatik, wie sie nur von Eulen produziert werden kann, signalisierte eindrucksvoll, wie leid ihm alles tat. Regina und ihrem Schulkameraden schienen die Grimassen, die der Uhu dabei schnitt, derart ins groteske Gegenteil verschoben, dass sie an sich halten mussten, um nicht laut herauszulachen.

Da machte Bruno seinen Schnabel auf und sagte nur: "Entschuldigung! Im Übrigen bin ich ja selber von den Ereignissen förmlich überrollt worden." Und auf die Frage, wo er denn nun eigentlich gewesen sei, fing er an zu erzählen, die ganze Geschichte, von Anfang an und in aller Ausführlichkeit. Aber *was* er den Beiden berichtete, war so spannend und unglaublich, dass die gar nicht merkten, wie die Zeit verging. Als Bruno fertig war, hatten sie doch fast eine halbe Stunde lang mucksmäuschenstill und fasziniert den Worten des Uhus gelauscht!

Nun wusste Regina alles. Und ihr Schulkamerad Frank Weber – der war schlicht sprachlos! Der hatte Sachen erfahren, die ihm vor Betreten der Buchhandlung am Markt nicht im Traum eingefallen wären! Frank hatte das unverhoffte Glück gehabt, im goldrichtigen Moment bei seiner Schulkameradin aufgetaucht zu sein. Nein! Wenn er davon in seinem Bekannten- und Freundeskreis erzählte ...! Die würden sicher meinen, er müsse sich wohl verhört oder einen Vollrausch gehabt haben. Oder er hätte vielleicht (Zitat aus dem Volksmund) sowieso nicht mehr alle Tassen im Schrank, dieser "Vogelspinner"!

Regina indessen blickte dem Uhu auf ihrem Bild fest in die großen Augen und rügte ihn mit gespielter Theatralik: "Also *du*, der von mir mit Pinsel und Farbe nach dem Vorbild des Bruno Bubo geschaffene Uhu, *du* bist der Urheber allen 'Übels' gewesen?!"

Nachdem Zweitbruno wieder an der Stelle in dem Gemälde saß, wo er auch hingehörte und nur noch so aussah, wie ein naturalistisch gemalter Uhu eben aussieht, und nicht wie jenes von Bruno geschilderte Genie, erwartete Regina natürlich keine Antwort. Doch gerade, als sie sich von dem Bild abwenden wollte, öffnete das Produkt ihrer Kunst den Schnabel mit dem Versprechen, nie mehr das Bild zu verlassen, in der gemalten Umgebung fühle er sich ja ausgesprochen wohl und dabei wolle er es jetzt auch belassen. "Ja, ja, ist schon gut", winkte Regina ab und lächelte, "ist schon verziehen!"

Im Grunde genommen konnte sie das, was Bruno im Zusammenhang mit ihrem gemalten Uhu erzählt hatte, überhaupt nicht glauben! Wie sollte es ihr denn möglich gewesen sein, völlig unbewusst ein Tier zu malen, dessen Farbschicht fähig ist, das Bild zu verlassen, um sich leibhaftig in dieses Tier zu verwandeln? Sie konnte doch nicht hexen? Das war doch alles äußerst rätselhaft! Andererseits sah sie keinen Grund, Bruno die Geschichte nicht zu glauben. Sie selbst hatte sich ja zumindest *davon* überzeugen lassen müssen, dass ihr gemalter Uhu vor drei Tagen tatsächlich aus dem Bild verschwunden und heute plötzlich wieder da war! Obendrein völlig unbeschädigt!

Regina war total verunsichert. Sie sah Bruno fragend an: "Wie geht denn so etwas? Ich kann doch nicht zaubern?" "Ich hab' keine Ahnung", war auch Bruno ratlos, "nur eines weiß ich hundertprozentig: Es geht trotzdem, egal was, das mit dem da auf dem Bild, das mit meinem *Gedankensprung*, das mit den *Flügeln der Fantasie* von dem da, das mit dem *Sich-unsichtbar-denken* – alles! Und das ist ja wohl auch die Hauptsache. Über so etwas wundere ich mich schon gar nicht mehr!" "Ich auch nicht!", fühlte sich Zweitbruno bemüßigt, aus dem Bild heraus seinen "Senf" dazuzugeben. Regina und ihr Schulkamerad zuckten richtig zusammen. Sie hatten schon nicht mehr daran gedacht, dass der "Bursche" dort denken und sprechen kann. Und schon fuhr er fort: "Zum Beispiel wundere ich mich auch nicht mehr darüber, dass ich so eine Art

Zwillingsbruder von Bruno bin, du hast mich ja so gemalt, Regina." "So ist es", kam es nun vom "Gipfel" der Staffelei herunter, "deswegen habe ich ihn auch *Zweitbruno* getauft."

"Es ist schon sehr, sehr seltsam!", meldete sich nun auch Frank Weber zu Wort. Alle schauten ihn voll Erwartung an, in der Hoffnung auf klärende Worte. Aber da kam nichts. Eine Lösung des Rätsels fiel auch ihm nicht ein.

"Da kann ich vielleicht doch etwas Wichtiges, etwas Fundamentales zu unserer allgemeinen Erleuchtung beitragen", meinte Bruno auf einmal, "denn wenn ich mich recht erinnere – Zweitbruno wird's bezeugen können –, hat die *Stimme* da droben versichert, auch Unmögliches würde möglich, wenn das von ihm, dem *Vater der Weltformel*, kreierte und ins Universum gesetzte Programm es nur erlaube! Für mich heißt das also, dass etwas gehen kann, was eigentlich – zum Beispiel naturwissenschaftlich betrachtet – überhaupt nicht gehen *darf*!"

Bevor Regina und Frank auch nur eine *Sekunde* Zeit gehabt hatten, über diesen Satz nachzudenken, wehten plötzlich ein paar Worte, von echoartigem Nachhall begleitet, durch den Raum. Unverständliche Worte. Und keiner hätte sagen können, woher sie kamen. Regina und Frank zuckten prompt wieder zusammen. "Was war denn das?", fragten die Beiden fast unisono. Dabei schauten sie ein wenig unsicher von einer Ecke in die andere und zur Decke hinauf, als ob sie eventuell noch einen verständlichen Rest der Worte erhaschen könnten.

"Ja, was war das?", fragte Regina noch einmal nach, "es waren ganz sicher Worte, aber aus welcher Sprache? Ich konnte nichts verstehen. Du, Frank?" Der war so perplex, dass er nur den Kopf schüttelte.

"Das war die *Stimme*, von der ich vorhin berichtet habe", verkündete Bruno ganz gelassen, "damit hätte ich zwar auch nicht gerechnet, aber es freut mich natürlich, so höchst 'allmächtiglich' bestätigt zu werden!" "Wieso bestätigt? Was hat die *Stimme* denn gesagt? Du hast sie ja offensichtlich verstanden", ließ die Buchhändlerin nun nicht locker, "und was für eine Sprache war das?"

Die Worte hätten "So ist es!" bedeutet, erklärte Bruno. Und eben damit habe die *Stimme* die Richtigkeit seiner Aussage bestätigt, dass im Universum nichts unmöglich ist, selbst dann nicht, wenn es aller – irdischen! – Logik widerspricht!

Hier wandte sich Regina an ihren Schulkameraden und meinte, das wäre wohl bekannt. Dafür gäbe es bei den Menschen den treffenden Spruch, in dem die Dinge zwischen Himmel und Erde angesprochen würden, von denen sich die Schulweisheit nichts träumen ließe. Aber in welcher Sprache hätte die *Stimme* gesprochen. Das ließ ihr keine Ruhe! Also fragte sie Bruno noch einmal.

"Wie die *Stimme* gesagt hat", antwortete Bruno, "sei diese Sprache Grundlage aller Kommunikation, und somit aller Sprachen, im Kosmos. Sie heiße *Ur-Allisch*. Alles und Jedes im All, also nicht nur ein Lebewesen, nein, selbst schlichter Staub, könne diese Sprache verstehen – nur die Menschen nicht.

"Ja, das stimmt", sagte Regina, "wir, mein Schulkamerad und ich, ja auch nicht." Und der meinte: "Sofern ich es richtig interpretiere, hat der Mensch auf Grund der ihm zur Verfügung stehenden Intelligenz vom Beginn seines Daseins auf der Erde an sein eigenes Süppchen gekocht. Und wohin hat die Entwicklung geführt? Zu einem Sprachen-'Salat' sondergleichen! Ein Glück, dass es Englisch als Weltsprache gibt!" Und Regina setzte gleich noch eins drauf: "Denken wir doch nur an Indien: Ohne Englisch könnten sich zahllose Menschen nicht einmal dieser einen Nation miteinander verständigen!"

"Also, das was ich da ganz weit draußen im All mit der *Stimme*, alias *Vater der Schöpfung* oder *Vater der Weltformel* erlebt habe", mischte sich Bruno wieder ins Gespräch ein, "erfüllt mich mit Respekt und Ehrfurcht. Aber ganz ehrlich – als Uhu kann ich ja keinen Ärger mit irgendeiner Religion kriegen – muss ich sagen, dass mir doch auch schon gewisse Zweifel an der Perfektion des Programms namens *Weltformel* oder *Schöpfung* gekommen sind. Zumal, wie die *Stimme* versicherte, in dieses Programm, ohne Schaden anzurichten, nicht mehr eingegriffen werden kann. Das Programm ist mit dem Urknall auf die Reise ins Universum geschickt worden, und so läuft es nun bis in alle Ewigkeit, 'Fehltritte' oder unmögliche Möglichkeiten beziehungsweise mögliche Unmöglichkeiten inbegriffen."

"Wäre nicht unlogisch", sagte Frank Weber, "beim Computer-Programm ist's ja ebenso." "Mit anderen Worten: Wir brauchen uns über nichts zu wundern, es ist nun mal so. Was aber besonders schön oder auch verrückt und unbegreiflich ist, werden wir auf jeden Fall weiterhin *be*wundern wie bisher", steuerte die Buchhändlerin auch noch einen Gedanken zum Abschluss dieses Themas bei.

Frank Weber schaute rein zufällig auf seine Armbanduhr und erschrak! So lang wollte er ja gar nicht bleiben! Es war zwar sein freier Tag heute, aber er hatte doch noch ein "Rendezvous" mit seiner Frau, um gemeinsam wichtige Besorgungen zu erledigen. Drum bedankte er sich vielmals für das interessante Gespräch, vor allem, dass er den außergewöhnlichen Bruno Bubo kennenlernen durfte. Und schon war er weg.

Bruno verließ seinen Platz auf der Staffelei und hopste herunter auf die Stuhllehne, wo er meistens saß, um Reginas Gemälde zu betrachten. Was er auch jetzt tat. Dabei fiel ihm etwas Merkwürdiges auf. Erst wusste er nicht, was es wohl war. Aber dann hatte er es schon herausgefunden: Der Uhu auf dem Bild war es, der ihm irgendwie verändert erschien. Der sah inzwischen aus wie tot. Na ja, also zumindest mal so, als könne er nicht mehr sprechen und sich auch nicht mehr bewegen!

Regina folgte Brunos Blicken, die ihr Bild intensiv im Visier hatten. "Was ist?", fragte sie Bruno. Darauf der: "Fällt Ihnen nichts auf?" "Nein", antwortete sie gedehnt, während sie noch schaute und überlegte. "Wollen doch mal sehen", sagte der Uhu auf der Stuhllehne. "He du, Zweitbruno! Was ist los? Antworte!" Keine Regung, kein Ton! "Das ist es, Regina! Mir kam der eben gleich so komisch vor. Jetzt ist er stumm, kann nicht mehr reden und sich auch nicht mehr bewegen!" Und tatsächlich: Der gemalte Uhu war nun nur noch ein gemalter Uhu! Da müsse wohl die *Stimme* wieder ihre Finger im Spiel haben, war Bruno überzeugt. Denn nur *sie* als der große Programmierer konnte sich mit solchen "allmächtigen Spielereien" auskennen. Die Buchhändlerin schloss sich Brunos Überzeugung an. Nachdem sie ja selbst eine — wenn auch bloß kleine — Kostprobe der *Stimme* erlebt hatte, konnte sie sich gut vorstellen, dass das allmächtige Etwas, dem die *Stimme* nur akkustischen Ausdruck verlieh, natürlich auch die metaphysichen Möglichkeiten seines Programms geradezu virtuos beherrschte — ganz klar! Es war also schlicht und ergreifend müßig, sich über das Warum und Wie den Kopf zu zerbrechen.

Aus diesem Grunde wandten sich Regina und Bruno nun wichtigeren und akuten Dingen zu. Das Fax von der NASA! Durch Brunos plötzliches Verschwinden war das überhaupt noch nicht beantwortet worden! Und ohne vorher mit dem Uhu zu reden, konnte sie ja auch nichts unternehmen. Drum war's nun höchste Zeit, Bruno erst einmal das Fax vorzulesen.

Dessen Inhalt gipfelte, wie nicht anders zu erwarten, in der Frage, auf welche Weise der Uhu zur ISS gelangt war, am selben Tag noch auf den Mars und wieder zurück zur Erde. Die Gentlemen von der NASA schlugen vor, einen Astrophysiker, der zurzeit in einem Max-Planck-Institut für Astronomie in Deutschland weile, vorbeizuschicken. Man würde vorher anrufen, damit auch der Uhu zur Verfügung stehen könne.

Also, heute passte wieder alles wunderbar zusammen! Kaum war Regina mit dem Vorlesen fertig, da läutete ihr Telefon. Und wer war dran? Einer von der NASA natürlich, ein Mr. Brown. Er rufe vom Auto aus an, teilte er ihr in sehr gutem Deutsch mit (nur das "gegurgelte" *R* erinnerte an einen Amerikaner). Gemeinsam mit einem deutschen Kollegen, Herrn Professor Spinner, sei er gerade unterwegs nach Garching bei München und im Moment ganz in der Nähe. Wenn es irgendwie möglich sei, würden sie gern kurz hereinschauen, um mit ihr zu sprechen. Sollte der Uhu zufällig auch gerade da sein, wär's natürlich ideal.

"Ja, eine Sekunde, bitte!", sagte Regina. Dann hielt sie den Hörer zu und flüsterte Richtung Bruno, wer dran sei und dass sie gleich kommen wollten. Bruno nickte: "Sollen kommen!" "Also, Sie können kommen! Und Sie haben Glück, der Uhu ist da. Wann werden Sie hier sein?" Pause. "In einer halben Stunde? Einverstanden! Okay!"

"Das trifft sich gut", meinte Regina zu Bruno, "dann haben wir das auch gleich hinter uns, oder?" Der Uhu signalisierte Übereinstimmung, indem er beide Augen-"Jalousien" zweimal rauf und runter gleiten ließ. Das genügte ihr, sie wusste Bescheid.

Während Bruno wieder das Bild betrachtete, drängte es ihn zu der Frage, ob das nun eigentlich das erste und letzte dieser Art von ihrer Hand gewesen sei. Es gefiele ihm so gut, dass er es in der Tat schade fände, wenn sie nicht weitermachte. Natürlich, meinte Regina, sie habe auch schon darüber nachgedacht, zumal sie ihr Erstlingswerk ermutigt habe, es nicht bei dem einen Bild dieser Art zu belassen. Schließlich könnte sie die verschiedensten Tiere und Pflanzen in astronomische Objekte hineinmalen und mit ihnen verschmelzen lassen. Da wären der Fantasie ja keine Grenzen gesetzt. Wer in dieser arg hektischen Zeit wisse denn noch, wie eine Smaragdeidechse, ein Wolfsmilchschwärmer oder ein Schwalbenschwanz aussieht? Viele würden wahrscheinlich noch nicht einmal wissen, was ein Wolfsmilchschwärmer *ist*?! Allein schon von daher wäre es eine lohnende Aufgabe. Und im Übrigen hielte sie die ganze Sache auch gar nicht für so abwegig. Nachdem laut wissenschaftlicher Erkenntnis alles Leben aus dem All stamme, würde sie mit solchen Bildern ja gewissermaßen einen winzigen Teil der Lebewesen nur wieder an den Ursprung allen Lebens zurückversetzen.

"Na, also das würde mich aber wirklich sehr freuen, wenn ich in Zukunft noch mehr solcher hochinteressanten Bilder zu sehen bekäme!", schwelgte Bruno schon in gewisser Vorfreude, was sich auf Uhuart besonders in den aufgestellten Federohren ausdrückte. "Freilich, Regina, dürfen Sie dann die Bilder nicht im Atelier verstecken. Die müssen in Ausstellungen hängen, damit die Öffentlichkeit auch was davon hat! Glauben Sie mir, Sie werden noch berühmt! Wer weiß?" Da musste Regina nun doch lachen: "Sie haben ja ein Vertrauen zu mir, wo es doch erst *ein* Bild gibt – unglaublich! Dass Sie jetzt auch noch Kunstexperte sind, nein, das hätte ich wahrlich nicht vermutet!" Bruno schloss ein Auge, wie wenn er ihr ein vertrauliches "Siehst du wohl!" zuzwinkern wollte.

In diesem Augenblick läutete wieder das Telefon. Eine Verkäuferin war dran. Da wären zwei Herren im Laden, ein Dr. Jack P. Brown und ein Prof. Markus Spinner. "Ja, ich komme sofort", sagte die Buchhändlerin, "und hole die Herren ab." Und zu Bruno gewandt: "Die Herren sind da, bin gleich wieder zurück!"

Es dauerte nicht lange und sie erschien mit den beiden angekündigten Wissenschaftlern. Die Buchhändlerin bat sie an den Tisch beim Fenster. "Bitte, nehmen Sie Platz, meine Herren! Ja, bitte, wo Sie wollen. Sie vielleicht da und Sie dort? Ja, bitte, ist schon recht so!" Bruno hatte auch einen Stuhl zugewiesen bekommen. Er thronte auf der Lehne und schaute mit seinen großen, klaren Augen erwartungsvoll in die Runde.

Als Erster ergriff Prof. Spinner das Wort, um sich und seinen amerikanischen Kollegen vorzustellen. "Das ist mein Kollege von der NASA, Mr. Jack P. Brown, Astrophysiker. Und mein Name ist Spinner, ich arbeite auf dem Gebiet der Kosmologie am Max-Planck-Institut für Astronomie. Von Haus aus bin ich Physiker."

"Damit Sie a priori ja keine falschen Schlüsse ziehen: Auf Markus – Entschuldigung: Herrn Spinner – trifft der Spruch 'Nomen est omen' nicht zu, wenngleich es in der Kosmologie schon sehr hilfreich ist, viel Fantasie und Vorstellungskraft zu haben, also auch ein klein wenig zu spinnen ..." So erklärte Mr. Brown und lachte ein wahrlich ansteckendes Lachen. Und als die Herren zum Uhu hinschauten, bekam ihr Lachen noch einen zusätzlichen Schub (wie eine Rakete beim Start!), denn Bruno hatte sämtliche Gesichtszüge "entgleisen" und die Augendeckel abwechselnd "klimpern" lassen, um *so* ein "herzhaftes" Lachen zu produzieren. Der Gentleman aus USA mit seinen Bemerkungen zum Thema "Spinner" sowie Bruno mit seinem "verschobenen" Lachen sorgten von Anfang an für eine sehr angenehme und lockere Atmosphäre.

"Ja, und nachdem Sie beide sicher schon gemerkt haben, dass ich die Regina Wagner bin, der die Buchhandlung gehört, brauche ich Ihnen nun nur noch den Uhu Bruno Bubo, die Hauptperson unserer Runde, vorzustellen. Obwohl", fügte sie mit einem spitzbübischen Lächeln hinzu, "nötig wär's nicht, denn rein äußerlich sieht er ja schon wie ein waschechter Uhu aus. Und wegen eines Uhus sind Sie ja hier! Nun denn, legen Sie los mit Ihren Fragen, Bruno Bubo ist bereit!"

Dr. Jack P. Brown eröffnete die "Fragestunde". "Wie wir schon mit unserem Telefax mitgeteilt haben", wandte er sich an den Uhu auf der Stuhllehne, "interessiert uns primär, wie Sie es schaffen konnten, in *einem* Tag die ISS und auch noch den Mars zu besuchen und wieder zur Erde zurückzukehren. Also schlicht und ergreifend die Frage: Wie haben Sie das gemacht? Doch nicht etwa mit Flügelschlag? Das wäre ja total illusorisch! Und zweite Frage: Wie haben Sie beide Objekte angepeilt, will sagen, woher kannten Sie die Positionen zum Zeitpunkt des Liftoff, also des Starts?"

Zwecks innerer Sammlung und Konzentration hopste Bruno erst ein paar Mal auf der Stuhllehne hin und her, bevor er seinen krummen Schnabel aufmachte und antwortete: "Die Sache war und ist für mich ganz einfach gewesen. Vielleicht werden Sie jetzt einwenden wollen, so etwas ginge grundsätzlich nicht *ganz einfach*, schon aus physikalischen oder sonst welchen Gründen nicht. Aber bei mir können Sie getrost von völlig anderen Voraussetzungen ausgehen. Denn vor einiger Zeit habe ich bei mir Veranlagungen entdeckt, zum Teil von meinem Vater geerbt, im Grunde für einen Uhu jedoch ungewöhnlich und mir schon beinahe unheimlich. Ein Mensch würde in dem Fall sicher sagen, er könne das alles natürlich nur vom lieben Gott haben. Und wenn er damit *das* meinte, was ich inzwischen als *Stimme* des *Vaters der Weltformel* kennengelernt habe, so müsste ich ihm wohl Recht geben. Aber davon später mehr!"

Während der Uhu hier eine kleine Pause einlegte, um sein Gefieder auszuschütteln, warfen sich die beiden Wissenschaftler verstohlen Blicke zu, die pures Staunen, aber auch Ungläubigkeit ausdrückten. Regina registrierte diese Blicke natürlich und freute sich darüber. Bruno war halt doch ein absoluter Ausnahme-Uhu, der sogar solche gelehrten Herren ins Staunen versetzen konnte.

"Zurück zu den Veranlagungen, die ich bei mir entdeckte! Zuerst kam ich darauf, dass ich mich unsichtbar machen kann. Ich brauchte nur zu *denken*, unsichtbar sein zu wollen. Und schon war ich's! Ich benötigte dafür keine Tarnkappe – nichts. Das Zweite, das ich entdeckte, war der *Gedankensprung*."

An dieser Stelle wurde der Uhu von Prof. Spinner, dem Kosmologen, unterbrochen. "Entschuldigung, Gedankensprung? Das ist doch nichts Besonderes! Gedankensprünge gehören zum Denken wie der Stab zum Stabhochsprung, bildhaft ausgedrückt."

"Der Gedankensprung, den Sie meinen, schon. Aber der *Gedankensprung*, den *ich* meine, ist mein Fortbewegungsmittel, mein Antrieb zur praktisch verzögerungsfreien Überwindung von Distanzen, vor allem großen Distanzen. Zum Beispiel zur ISS oder zum Mars. Eine verkürzte Kostprobe gefällig? Sehen Sie dort hinten in der Ecke die Staffelei? Gut! Jetzt brauche ich bloß noch intensiv zu denken, dass ich dort auf der Staffelei sitzen will!"

Und ehe die Herren Gelehrten begriffen, was geschehen war, saß Bruno da, wo er hinwollte! Dr. Brown und Prof. Spinner fielen vor Verwunderung förmlich die Kinnladen nach unten. Und gerade, als sie diese wieder in normale Position anheben wollten, hockte Bruno schon wieder auf der Stuhllehne am Tisch und grinste sein missratenstes Grinsen! Zumal er gleich noch eins draufsetzte, sich unsichtbar machte und die Herren fragte, ob er das Spielchen eventuell wiederholen solle. Nein, danke, nicht nötig, er hätte sie überzeugt – wenngleich das ja eigentlich schon bekannt wäre, diese Form der Ortsveränderung.

"Sie meinen das *Beamen*?", vermutete der Uhu. "Ja", bestätigte der Professor, "das meinen wir." "Das habe ich mir doch gedacht! Aber das *Beamen*, an der einen Stelle unsichtbar werden und an anderer Stelle wieder Gestalt annehmen, das gibt's ja nur in Science fiction, reine Theorie. Mein *Gedankensprung* aber, der funktioniert tatsächlich! Davon konnten Sie sich ja soeben überzeugen." Da schaltete sich Dr. Brown von der NASA ein. "Natürlich haben Sie Recht", und dabei schaute er seinen Kollegen an, "vor lauter Staunen über Ihre ungewöhnlichen Fähigkeiten haben wir das völlig übersehen. Ganz offen gestanden: Wir sind außerordentlich überrascht! Einiges hatten wir ja schon erwartet, aber was Sie uns hier bieten – toll! Angefangen damit, dass Sie so ausgezeichnet die deutsche Sprache beherrschen, was sage ich, allein schon die Tatsache, dass Sie überhaupt sprechen können. Ein Uhu, der sprechen kann, hat uns ja noch nie gegenüber gesessen! Und dann die Fähigkeit, sich unsichtbar zu machen und vor allen Dingen Ihr Gedankensprung! It's really crazy, es ist verrückt!"

"Entschuldigen Sie bitte, wenn ich Sie unterbreche", Regina musste eine Frage los werden, "woher haben *Sie* eigentlich Ihre hervorragenden Deutschkenntnisse?"

Dr. Brown lächelte: "Oh, ganz einfach: Mein Vater ist Deutscher. Berufliche Gründe haben ihn nach 1945 in die USA verschlagen, wo er schließlich hängen geblieben ist, eine deutschstämmige Frau geheiratet und das deutsche *Braun* in das englische *Brown* abgeändert hat." "Danke für die Auskunft, hatte schon eine Vermutung in der Richtung."

"Jetzt aber zurück zu Ihrem *Gedankensprung*", nahm Prof. Spinner den Faden wieder auf, "wenn wir also die gedankliche Anpeiltechnik, die Sie vorhin hier im Raum praktiziert haben – da konnten Sie das Ziel ja auch visuell anpeilen –, als Basis nehmen, wie verhält es sich aber dann bei Zielen wie ISS oder Mars? Haben Sie denn da auch nur einfach gedacht 'Ich will zur ISS!' oder 'Ich will zum Mars!', also ohne jede Kenntnis der Position?" "So ist es", bestätigte der Uhu mit einem gewissen Stolz, obwohl er ja eigentlich nichts dafür konnte, dass das alles so perfekt funktionierte.

"Unglaublich!!" Prof. Spinner und Dr. Brown hatten keinen anderen Kommentar "zur Hand". Im Grunde genommen waren sie sprachlos. Wenn dieser ahnungslose Teufelskerl von einem Uhu nicht von den Astronauten auf der ISS gesehen und auf dem Mars sogar vom Marsmobil fotografiert worden wäre, dann hätten sie alles für zusammenfantasierte Märchen gehalten. Und selbst die Medien hätten keinen Finger gerührt. Aber so ...!

Und es kam *noch* dicker! Denn Bruno erzählte nun zum Abschluss noch vom aus dem Bild gefallenen und lebendig gewordenen Uhu, den er wegen seiner frappierenden Ähnlichkeit mit ihm, Bruno, Zweitbruno getauft hätte. Und dass er mit dem vor drei Tagen im Tandem-Verband zum M 16, dem Adlernebel, geflogen wäre.

"Halt, Moment mal! Jetzt wollen Sie uns aber ganz gewaltig auf den Arm nehmen!" Die beiden Wissenschaftler tauschten ungläubige Blicke aus und lächelten nachsichtig. Allerdings schwang in dem nachsichtigen Lächeln auch eine gehörige Portion Hilflosigkeit mit. Also, wenn das stimmte, so war das freilich *die Sensation des Jahrhunderts*, ach was – *die Sensation seit Menschengedenken*! Aber Quatsch, alles Quatsch! Was dieser "Piepmatz" da erzählte, konnte einfach nicht wahr sein!!

Regina und Bruno spürten förmlich, wie es in den mit Wissen vollgepackten Gehirnen der beiden Experten arbeitete. Doch der Uhu ließ sich nicht beirren und fuhr in seinem Bericht fort. Er vergaß natürlich auch die *Stimme* nicht und ebenso wenig das noch im Anfangsstadium befindliche Sonnensystem, das er am Rande des einen Dunkelwolkenturms entdeckt hatte.

"Eine *Akkretionsscheibe* wollen Sie gesehen haben?", fragte Dr. Brown, nun doch ein wenig neugierig geworden. Und Prof. Spinner ergänzte seinen Kollegen mit der Zusatzfrage an den Uhu, ob er nicht mal detailliert das Aussehen jener *Akkretionsscheibe*, also des im Anfangsstadium befindlichen Sonnensystems beschreiben könne.

Auch diese Frage konnte Bruno nicht aus der Ruhe bringen, schließlich hatte er ja jene Staubscheibe mit dem strahlend hellen Zentrum, der zukünftigen Sonne, und den umlaufenden verklumpten Gebilden in natura gesehen! So schilderte er also haarklein und sehr anschaulich das Aussehen jenes Systems, das er auf den ersten Blick für eine Art Karussell gehalten hatte.

Als Bruno fertig war, verriet Reginas strahlende Miene, dass sie doch recht stolz auf "ihren" Ausnahme-Uhu war. Die beiden Wissenschaftler hingegen hatten vielmehr innerliche Kämpfe auszufechten. Denn sie waren sich absolut nicht sicher, ob sie jetzt nur auf den Arm genommen werden sollten oder ob vielleicht nicht doch etwas dran war an der Sache und noch ein bisschen mehr aus dem Vogel herauszukitzeln wäre. Sie entschieden sich für das Letzte.

"Also, Herr Bubo", der Professor machte es nun ganz förmlich, "wir haben große Mühe, Ihnen zu glauben, obwohl Sie, was ich zugeben muss, die *Akkretionsscheibe* sehr plastisch und exakt beschrieben haben. Trotzdem noch ein paar Fragen zu Ihrem Aufenthalt im M 16! Sie hatten vorhin erwähnt, mit jenem Uhu dort auf dem Bild im Tandem geflogen zu sein: Wie das? Und dann: Wie haben Sie die für irdische Verhältnisse unvorstellbar extremen Temperaturen lebend überstehen können? Dort draußen in rund 7 000 Lichtjahren Entfernung herrscht in der Nähe von Sternen, sprich Sonnen, eine unerträgliche Hitze und in den Globulen, den Dunkelwolken, eine ebenso unerträgliche Kälte, bis herunter auf ca. 10 Kelvin, was ungefähr – 260° C entspricht!"

Bruno brauchte nicht lange zu überlegen. Für ihn war die Antwort klar. Nur, ob die Herren Wissenschaftler ihm glauben würden, das war natürlich die Frage. Er hatte schließlich keinerlei Beweise! Aber antworten musste er. Also antwortete er nun: "Zweitbruno, also der da auf dem Bild, hatte – ebenso per Zufall – eine andere Möglichkeit für die praktisch verzögerungsfreie Ortsveränderung entdeckt und auch schon erfolgreich ausprobiert. Es handelt sich dabei um das Fliegen auf den *Flügeln der Fantasie.* Nachdem ich diese Fähigkeit trotz einiger Versuche nicht zu Wege brachte, schlug er vor, mich mitzunehmen. Wohin die Reise gehen sollte, wollte er mir nicht verraten. Es sollte eine Überraschung sein. Und was für eine es war! Nachdem ich mich auf seinen Schultern festgekrallt hatte, breitete er die Flügel aus und los ging's! Das heißt, als es losging, waren wir auch schon angekommen – mitten in den Staubwolken des M 16!"

"Und was haben Sie da als Erstes gesehen?", fragte Dr. Brown. "Staub. Nichts als Staub. Und auf einmal hörten wir etwas. Es war jene mysteriöse *Stimme*, wie vorhin schon einmal erwähnt, die sich als *Vater der Weltformel* bezeichnete und uns eine große Hilfe gewesen ist. Ohne sie hätten wir zum Beispiel die extremen Temperaturen wahrlich nicht überlebt! Die *Stimme* hatte jeden von uns beiden in eine unsichtbare Schutzhülle gesteckt, in der gemäßigte irdische Temperaturen herrschten. Auf diese Weise war dafür gesorgt, dass wir weder verbrannten noch erfroren. Ja, so war das!"

Die Sprachlosigkeit der beiden Herren von Wissenschaft und Forschung war hartnäckig, aber sachlich gesehen, nicht mehr als verständlich. Dann jedoch, während Dr. Brown stumm sitzen blieb, stand Prof. Spinner auf und ging zur Staffelei mit dem Gemälde. Ganz nahe trat er heran und "beäugte" Zweitbruno, den Uhu in Acryl, sehr skeptisch und nur unter rein wissenschaftlichen Aspekten. Allerdings zeitigte seine Betrachtung kein wissenschaftliches Ergebnis. Etwas Verdächtiges konnte er auf jeden Fall nicht entdecken. Ihm blieb lediglich die schöne Erkenntnis: Den Uhu hatte die Buchhändlerin gekonnt gemalt! Doch gerade als der Professor diese Erkenntnis der Künstlerin als charmant "verschnürtes" Kompliment zu Füßen legen wollte, da brachte ihn doch dieser Malefiz-Uhu nun endgültig aus dem wissenschaftlich-sachlichen und sogar seelischen Gleichgewicht! Denn der "Kerl" öffnete den Schnabel und verkündete mit dünner, aber deutlich vernehmbarer Stimme: "Jawohl, Herr Professor, was Bruno erzählt hat, stimmt alles!" Schnabel zu!

Der Professor war so erschrocken, dass er sich, einer Ohnmacht nahe, ruckartig zum Tisch umdrehte und den soeben erlebten ungeheuerlichen Vorgang bestätigt haben wollte. "Hast du das gehört, Kollege?" Prof. Spinner war völlig außer sich! Das konnte doch wohl mit aller Gewalt nicht wahr sein! "Ja, Herrschaften, ist das denn hier eine metaphysische Veranstaltung?", rief er aus. "Vielleicht sind wir auch in einen Science-Fiction-Film oder einfach in einen Märchen-Film geraten?", gab nun auch Dr. Brown sein Schweigen auf.

Der Uhu Bruno Bubo auf seiner Stuhllehnen-Sitzwarte grinste mit schiefem Gesichtsschleier und unübersehbarem Triumph in den großen, klaren Augen. "Sehen Sie, meine Herren", sagte er, "jetzt haben Sie zumindest schon mal den Beweis, dass der da auf dem Bild nicht nur ein normales Produkt von Frau Wagners Malkünsten ist. Und dass er aus dem Bild effektiv fast drei Tage verschwunden war, hat Ihnen Frau Wagner ja bereits bestätigt."

"Ja, ja, ich weiß schon", sagte Prof. Spinner nur, "es gibt Dinge zwischen Himmel und Erde, von denen sich die Schulweisheit ... und so weiter, und so weiter ..." Und Dr. Brown fügte daraufhin noch die Bemerkung an, sie seien eben Wissenschaftler und allein schon von daher ja geradezu verpflichtet, nicht gleich alles zu glauben, sondern erst gründlich nach Beweisen zu fahnden, um fundiertes Wissen zu schaffen. Sollte sich am Ende solch intensiven Bemühens jedoch herausstellen, dass es die betreffende Sache oder den betreffenden Vorgang – zum Beispiel in der Natur – effektiv gibt, obwohl es das nach letztem Erkenntnisstand der Wissenschaft aber nicht geben kann oder darf, so sei es noch früh genug, sich aufs Glauben zu verlegen.

Dass jetzt das Telefon läutete, empfanden alle in der Runde als pure Entspannung. Das Gespräch mit den Experten hatte sich doch reichlich festgefahren. Die Buchhändlerin allerdings konnte sich nicht lange entspannen, denn der Anrufer, der ihr von einer ihrer Verkäuferinnen durchgestellt wurde, war – der "liebe" Herr Schreiber von dem bekannten Boulevardblatt!

Regina erklärte ihm kurz und knapp, aber höflich, dass sie in einer wichtigen Besprechung sei und nicht viel Zeit für ihn habe. Ja, er wolle nur kurz wissen, ob der Wunder-Uhu eventuell wieder einen Geniestreich vollbracht hätte. Nein, gab sie ihm Bescheid, abgesehen davon, dass er einen Ausflug zum Adlernebel hinter sich habe, wäre nichts weiter gewesen. "Was für ein Nebel?", bohrte der Pressemensch nach. "Der Adlernebel!" "Der Adlernebel? Noch nie gehört! Gibt's den in den Alpen?" "Nein, im Sternbild Schlange." "Jetzt nehmen Sie mich aber auf den Arm, Frau Wagner! Oder man muss erst Astronomie studieren, wenn man sich mit Ihnen über den Herrn Uhu unterhalten will. Na gut, ist ja schade, dass es nichts Besonderes gibt! Trotzdem danke! Und Entschuldigung für die Störung! Bis zum nächsten Mal! Tschüüs!"

"Es ging um mich?", fragte Bruno. "Ja, Herr Schreiber

war dran. Sie wissen schon ..." "Ja, ja, ich weiß, Millionen-Blatt und so ..." Bruno wusste Bescheid.

"Es geht mich zwar nichts an", war der Professor neugierig geworden, "aber was war das für ein Spielchen mit dem Adlernebel?" "Spielchen ist gut", erwiderte Regina, "wenn man seine Fragen und Antworten zu meinen dazu nimmt. Er hatte den Namen des Nebels nicht verstanden und drum noch mal nachgefragt. Ich sagte 'Adlernebel'. Drauf er 'Noch nie gehört! Gibt's den in den Alpen?' Darauf ich 'Nein, im Sternbild Schlange". Daraus hat er haarscharf geschlossen, ich wolle ihn auf den Arm nehmen oder er müsse wirklich erst Astronomie studieren, bevor er mit mir über diesen Wunder-Uhu sprechen könne."

Die beiden Wissenschaftler und Bruno amüsierten sich köstlich. Dr. Brown allerdings meinte dann, man müsse da wohl doch Nachsicht üben. Den Adlernebel zu kennen, gehöre ja nun wirklich nicht zur Allgemeinbildung. Auch bei einem Pressemann nicht. Einhaken müssen hätte er natürlich, als sie ihm gesagt hatte, den Adlernebel gäbe es im Sternbild Schlange. Aber, na ja, diese *guys*, äh, diese Burschen von den Boulevard-Blättern stünden halt wahnsinnig unter Stress, sprich Erfolgsdruck. Da könnte schon mal so ein "Fehlpass" vorkommen. Und im Übrigen wären das ja auch bloß Menschen!

Prof. Spinner schaute auf seine Armbanduhr und meinte, es wäre an der Zeit aufzubrechen. Schließlich müssten sie noch nach Garching. Bis dahin wären es gut und gerne vierhundert Kilometer. Und bis zum Abend sollten sie auf jeden Fall dort sein. Da hätten sie heute noch eine wichtige Besprechung.

Bevor sie sich aber verabschiedeten, zog Dr. Brown noch ein Resümee des Gesprächs. "Summa summarum war unser Aufenthalt bei Ihnen höchst interessant! Was jedoch die Geschichte mit dem 'Ausflug' zum Adlernebel und den Uhu aus dem Bild anbelangt, da werden wir wohl noch länger dran zu knabbern haben und es letztendlich so nehmen müssen, wie's ist. Denn, zum Beispiel den Uhu mit einer Kamera auszurüsten und noch mal zum M16 zu schicken, damit er dort in unserem Auftrag gezielt Aufnahmen schießt, halte ich – und da wird mein Kollege derselben Meinung sein – für illusorisch. Damit wäre auch diese Ausnahmeerscheinung der Spezies Uhu mit Sicherheit hoffnungslos überfordert. Das astronomische Wissen, das er hier aus Ihren Büchern gelernt hat – entschuldigen Sie bitte, Frau Wagner –, aber das reicht bei weitem nicht aus."

Bruno nickte zur Bestätigung mit dem Kopf und "klapperte" zwecks zusätzlicher Bestärkung in gewohnt langsamer Manier mit den Augendeckeln. Und dann sagte er nur noch, er habe sowieso die Absicht, erst einmal längere Zeit als normaler Uhu zu verbringen. Falls es ihm mal langweilig werde, könne er sich ja zwischendurch seiner malenden Buchhändlerin und astronomischen Mentorin dann und wann als Modell zur Verfügung stellen.

"Das ist eine hervorragende Idee!", quittierte Regina dieses Angebot mit eifrigem Kopfnicken.

"Was überdies den Beweis unseres Aufenthaltes im

M 16 betrifft", fuhr Bruno fort, "so ist nur zu bedauern, dass alle heute hier Anwesenden es nicht mehr erleben können, wenn in 7 000 Jahren die Menschheit die sensationellen Fotos bestaunt, auf denen ein gewisser Bruno Bubo aus der Familie der Eulen zwischen den Dunkelwolkentürmen des M 16 sitzt!"

Mit herzlichem Lachen quittierten Regina und die Experten diesen Gag! Bruno freilich hielt seine Bemerkung nicht nur für einen netten Gag, sondern für real absolut möglich, sofern es in 7 000 Jahren überhaupt noch Menschen, Teleskope und Kameras gäbe ...!

So, meinte nun auch der Professor, jetzt müssten sie aber endgültig fahren. Sie bedankten und verabschiedeten sich. Außerdem versprachen sie, sich zu melden, falls sich im Laufe der Zeit noch Fragen ergeben würden.

Während Regina Wagner die beiden Herren nach unten begleitete, vertrat sich der Uhu ein bisschen die Füße, das heißt, er flog im Atelier umher. Für ein paar Schläge mit seinen mächtigen Schwingen war der Raum ja gerade noch geeignet, von der Größe her betrachtet.

Da Regina durch Kunden im Laden aufgehalten worden war – Geschäft geht vor! –, dauerte es eine Weile, bis sie wieder erschien. "So", meinte sie erleichtert und auch ein bisschen zufrieden, "das hätten wir nun auch geschafft! War dieses Gespräch mit den Herren der Wissenschaft denn nicht sehr anstrengend für Sie, Bruno?" "Ja, schon!", bestätigte Bruno. Und die Buchhändlerin meinte: "Auf jeden Fall eine stramme Leistung von Ihnen! Also, wenn ich ein Uhu wäre wie Sie, Bruno, würde ich glatt den Hut vor mir selber ziehen!" Der Uhu grinste schief: "Könnte ich ja machen, geht aber nicht und will ich auch nicht. Erstens mal habe ich keinen Hut, und zweitens wäre ein Uhu mit Hut ganz bestimmt *die* Super-Lachnummer für eine Comedy-Show. Selbst im seriösen Max-Planck-Institut würden sich die seriösesten Wissenschaftler schief lachen über mich. Also nein, das mit dem Hut streichen wir lieber. Sie lachen ja jetzt schon! Ihnen reicht dazu allein die Vorstellung, ich hätte einen Hut auf. Auf der anderen Seite, wenn wir mal den Spieß umdrehen und Sie sollten wie ich – also mit den Füßen – einen Hut aufsetzen und ziehen, dann hätte ich auch was zu lachen. Weil Sie dann nämlich schlicht und ergreifend umfallen würden und am Boden lägen! Ha, ha!"

Regina lachte lauthals heraus. Dieser Logik konnte sie sich natürlich nicht verschließen: "Da haben Sie sicher Recht", sagte sie. "Ja, und was tun wir jetzt, Bruno? Wie Sie dem Dr. Brown vorhin erklärten, wollen Sie erst einmal eine Zeit lang ein Leben führen, wie es sich für einen normalen Uhu gehört und zwischendurch eventuell bei mir ein bisschen Modell sitzen. Wenn Sie den Weltraum vorläufig nicht mehr weiter 'erobern' wollen, ja, dann werden wir uns also künftig nicht mehr in so schöner Regelmäßigkeit sehen wie bisher!" Ein deutlicher Hauch von Wehmut lag in ihren Worten!

Das war natürlich auch dem Uhu nicht entgangen. Er wollte den Kontakt zu der sympathischen Buchhändlerin, durch die er so viel gelernt hatte, ja auch nicht abrupt abbrechen. Doch die Astronomie mit ihren unvorstellbaren Dimensionen und die zahllosen neuen Eindrücke aus dem Weltall, die musste er erst einmal in Ruhe "verdauen". Und vor allem musste er sich von dem damit verbundenen Medienrummel, den er, der Wunder-Uhu, ausgelöst hatte, erholen. Das war für einen, der rein von Natur aus, sprich gemäß *Weltformel-* oder *Schöpfungsprogramm,* ausschließlich zum Fressen und zur Erhaltung der Art auf der Welt ist, schon sehr anstrengend. Bisher hatte er's Regina gegenüber nur ein wenig zugegeben. Aber jetzt sah er keinen Grund mehr, den starken Uhu zu mimen. Jetzt *musste* er's ihr sagen. Und sie hatte ja Verständnis dafür. Trotz aller Wehmut und der leisen Bedenken, ihre interessante Freundschaft der ungleichen Partner könne für immer vorbei sein.

"Also, Regina, wenn ich es recht bedenke", fasste der Uhu seine in der letzten Zeit gemachten Erfahrungen mit den Menschen zusammen, "möchte ich auf Dauer das Leben eines Menschen nicht führen. Das wäre mir zu stressig. Dem gegenüber schieben wir Uhus doch eine ruhige Kugel, wie ihr das wohl nennen würdet. Bei uns ist so gut wie alles vorgeprägt. So auch das, was ihr *Instinkt* nennt. Wir machen zwar auch unsere Erfahrungen, lernen daraus und handeln entsprechend, allerdings jedoch eher sehr selten. Aber wie dem auch sei, ab sofort mache ich mal für eine Weile Ferien von euch Menschen! Meine Hermine wird's vielleicht auch freuen."

"Was heißt da *vielleicht?*", fragte Regina dazwischen.

"Na ja", meinte Bruno, "nachdem sie ja, wie das bei normalen Uhus üblich ist, nicht zählen kann, wird ihr nicht aufgefallen sein, dass ich drei Tage fort war. Viel schlimmer wäre es für sie, wenn sie drei Tage keine Maus fände ...! Aber ihre ganz eigene Art von Freude wird sie schon zeigen, wenn sie mich wieder sieht. Sie wird ein gedehntes 'Uhuuuh' von sich geben oder nur schlicht zur Kenntnis nehmen, dass ich zurück bin. So, und nun ..."

Regina spürte, dass Bruno jetzt endgültig weg wollte, hinaus in seinen Wald. Zumal der Tag sich auch schon dem Abend zuneigte. Und da ein kurzer und schmerzloser Abschied auch in ihrem Sinne war, rief sie ihm nur zu: "Also dann, Bruno, nichts wie heim!" Bruno bedankte sich noch für alles und versprach hoch und heilig, Regina nicht zu vergessen. Ganz im Gegenteil, er würde sich bestimmt bald mal wieder sehen lassen. Danach zerbröselte er in Sekundenbruchteilen zur Unsichtbarkeit und fort war er. Reginas hinterher gerufenes "Und alles Gute!" konnte er schon nicht mehr hören. Logisch, weil er ja dank seines tollen *Gedankensprungs* schon fast im selben Augenblick daheim auf seinem Lieblingsast gelandet war ...

****

... und zwar direkt neben seinem Bruder Udo, der dort hockte und schlief und erschrocken zusammenzuckte, als er plötzlich spürte, dass jemand neben ihm saß. "Ach, du bist's, Bruno!", war er erleichtert, als er seinen Bruder erblickte. "Du warst lange weg. Wie lange war das?" "Du sagst *lange*? Es waren doch nur drei Tage", antwortete Bruno, während er zur Felswand hinüber schaute.

Seine Mine saß gemeinsam mit Udos Fine drüben auf dem schmalen Sims vor der Höhle. Sie schienen in eine besonders interessante und wichtige Unterhaltung vertieft, da es eine ganze Weile dauerte, bis sie Brunos Ankunft bemerkt hatten. "Aha, da bist du ja wieder", rief seine Mine herüber. "Tatsächlich, der Herr Schwager lässt sich auch wieder mal daheim blicken!" Bruno war diese ironische Art, die seine Schwägerin manchmal an den Tag legte, arg zuwider. Da aber eine Auseinandersetzung mit ihr erfahrungsgemäß nichts einbrachte und ihm im Augenblick auch keine schlagfertige Antwort einfiel, tat er so, als hätte er überhaupt nichts gehört. Und das war auch gut so. Jedenfalls hatte er seine Ruhe.

Gerade wollte Udo den Schnabel aufmachen, um seinen Bruder gehörig auszufragen, da riefen die "Damen" herüber, ob die "Herren" denn keinen Hunger hätten und nicht mit auf Beutefang fliegen wollten. Und Brunos Hermine setzte noch hinzu, heute würde sie endgültig das leckere Eichhörnchen schnappen. Schon lange wäre es ihr immer wieder im allerletzten Moment entwischt. "Also, was ist, kommt ihr mit?" "Nein", rief Udo hinüber, "ich habe noch mit Bruno zu reden. Wir kommen später nach."

"Die denken doch immer bloß ans Schnabulieren! Die scheinen sich überhaupt nicht dafür zu interessieren, wo du gewesen bist, was du in den drei Tagen alles erlebt hast und so." "Tja, Udo, von den beiden Schwestern ist eine so verfressen wie die andere. Ein Glück nur, dass sie Uhus sind!" "Wieso?", fragte Udo dazwischen. "Wieso? Ganz einfach: Wären sie Menschen, so wären sie bestimmt schon längst geplatzt. Wenn Menschen nämlich zu viel essen, werden sie dick und fett, wenigstens ein großer Teil von ihnen. Manche habe ich da schon gesehen, die standen wirklich kurz vorm Platzen!"

"Und ich platze jetzt auch gleich, Bruno! Vor Neugier natürlich, nicht weil ich zu viele Mäuse in mich hineingestopft hätte. Erzähl doch mal! Wo warst du denn die ganze Zeit und wie war's dort? Komm, erzähl schon!"

So ließ sich Bruno denn nicht länger bitten und berichtete seinem Bruder, der vor Ungeduld schon ganz zappelig geworden war, von seinen tollen Erlebnissen in den letzten drei Tagen. Zum Glück hatte Udo vom "alten Herrn" auch ein paar elitäre Gene geerbt, zwar nicht so reichlich wie sein Bruder, aber es langte dicke, um ihm wesentlich mehr Grips zu bescheren als "Uhu-Normalverbraucher". Seit einiger Zeit, was Bruno schon mal aufgefallen war, konnte Udo sogar einigermaßen Deutsch verstehen, sprechen allerdings nur paar Brocken. Bisher hatte er immer vergessen, ihn zu fragen, woher er das konnte. War ihm aber auch nicht so wichtig. Viel wichtiger war für ihn, dass er seine Erlebnisse frei von der Leber weg erzählen konnte und sich nicht auf "Uhuisch" abquälen und wegen mangelnder Ausdrucksmöglichkeiten die Hälfte weglassen musste. Udo jedenfalls war total gefesselt von Brunos Erlebnissen. Ganz gebannt lauschte er dem Bericht, und seine Augen hingen förmlich an Brunos Lippen – äh – Schnabel natürlich.

Und während Bruno vor lauter Begeisterung von seinen Erlebnissen im Adlernebel und von dem, was ihm und seinem aus Reginas Bild gefallenen "Zwillingsbruder" die mysteriöse *Stimme* gesagt hatte, fast nicht mehr aufhören konnte zu erzählen, senkte sich allmählich die Nacht herab. Als die ersten Sterne zu funkeln begannen, war Bruno am Ende seines Berichts angelangt. Sein Bruder Udo schien längst die Welt um sich herum vergessen zu haben. Er schwebte schlicht in höheren Regionen. Mit ganz anderen Augen blickte er nun zum fast schon völlig dunklen Himmel hinauf. Bruno legte seinen Kopf zurück, folgte seines Bruders Blicken und fing wieder zu sprechen an.

"Ja, Udo, was die *Stimme* im Adlernebel gesagt hat, gibt mir doch sehr zu denken. Seit ewigen Zeiten schon, sagte sie, machten sich die Menschen Gedanken über ihre Herkunft, den Ursprung des Lebens, ja des ganzen Universums und ob es woanders im unendlichen Weltall auch noch Menschen oder etwas Ähnliches gäbe. Kurzum, sie suchten nach der *Weltformel*, fänden sie aber sicher nicht. Zumindest würden sie nicht das letzte Geheimnis lüften! Also, denke ich: Wenn das wahr ist, so sollten die Menschen mit der Tatsache ihrer Existenz zufrieden sein und nicht darüber nachdenken, wo*her* sie kommen, sondern eher darüber, wo sie *hin*wollen. Noch ist Zeit dafür, globales Unheil abzuwenden. Bis die Erde in fünf oder sieben Milliarden Jahren sowieso von der aufgeblähten Sonne verbrannt wird, ist's ja noch eine 'Weile' hin. Das jedenfalls ist meine Meinung, Udo, wenn's einen Uhu vielleicht auch nichts angeht ...!

Ende